— 書き下ろし長編官能小説 —

定年後のふしだら新生活

北條拓人

JN053659

竹書房ラブロマン文庫

目次

この作品は、竹書房ラブロマン文庫のために
書き下ろされたものです。

序章

　空調の効いたビルから外に出た途端《とたん》、覚悟していた以上の熱と湿気《しっけ》を含《ふく》んだ七月の空気が、木暮俊作《こぐれしゅんさく》に重くのしかかる。

（勘弁しろよ。洒落《しゃれ》でもなんでもなく、空気が重すぎる！）

　額に手をかざし恨めしげに空を眺める俊作をあざ笑うように、未だ衰えることのない太陽が容赦《ようしゃ》なく照り付けた。

　当たり前のように定時に退社できるようになってから三年が過ぎても、明るい時間にオフィスを後にする後ろめたさは消えてなくならない。

　小心な自分にうんざりした気分を抱え、仕方がなく歩き出した。

　二十歳前後と思《おぼ》しき若い娘が、目のやり場にも困るほど肌を露出《ろしゅつ》させたファッションで向こうからやってくる。

「おっさん。キモいっ!!　ジロジロ見るな！」

すれ違う寸前、彼女が目で訴えた。

（いや、そんな恰好をされたら見るだろう……！）

けれど、彼女にしてみれば、俊作のようなおやじを悦《よろこ》ばせるためにそんな恰好をしている訳ではないのだ。

思わず振り返りたくなるのをぐっとこらえる。

（昔は、女性が薄着になるこの季節が好きだったのに、しかも開放的になる夏だというのに、浮き立つような気持など微塵《みじん》も湧かない。

「ああ、いかん。いかん。そうだった。もっとポジティブになるんだった」

習慣的にネガティブに偏《かたよ》りがちな気分を、ムリやり前向きに切り替える。

「そんなに悪いことばかりじゃないのだから……」

この冬に迎える定年退職は、再雇用が決まったし、何よりも最大の懸念であったガンの疑いも幸いなことに良性の腫瘍《しゆよう》と決着がついた。

かかりつけ医で腫瘍が見つかった時には、「これで人生終わりか」と、目の前が暗くなるほどのショックを受けたものだ。

命拾いと言えば大袈裟《おおげさ》だが、その経験が俊作の気持ちに何かしらの変化をもたらしつつあることは確かだ。

その証拠に、仕事帰りにウインドウショッピングをする気になっている。少なくともこの数年、会社帰りに寄るのは、飲み屋かレストランばかりで、目的もなく街をそぞろ歩くなど一度もなかった。

繁華街へと向かいながら俊作は、肺いっぱいに空気を満たすと、体の芯に淀む一日の疲れごと大きく吐き出した。

このまま朽ち果てるように老いるばかりでは、何のために生きているのか判らない。まだまだ気持ちは若く、老け込むには早すぎる。

体力的な衰えは否めないが、だからと言って性的欲求もないわけではない。そんなことを想いながら、自らに活《かつ》を入れるように歩くにつれ、額や背筋にぷっと浮いてくる汗も、それほど不快ではないように感じるようになった。

(恋をしよう。老いらくの恋だ。むろんセックス込みの……)

年甲斐もなくなどと考える必要はない。その発想が老け込ませる原因だろう。

「〝性春〟よもう一度！」だ。

とはいえ、ショウウインドウに映る己の姿は、仕事に疲れた初老の男そのものだ。

「これではいかん。恋をしたいなら、女性を惹《ひ》きつける魅力が必要だ」

思えばビジネススーツ以外の服を買うのは、いつ以来であったか。身だしなみを整えるのは、女性から好感を得るための基本中の基本だ。

とはいえ、どんな服が格好よく映るのかが判らない。

これといった考えもないまま駅に隣接した大型のショッピングモールに足を向けた。

「ふーん。もうサマーシーズンのアイテムは終わりか……」

ショップの店頭には、秋冬の新作と称した商品が並びはじめ、夏物にはセールの札が張られている。

そうなると不思議なもので、新しい服であっても色あせたデザインに映るものだ。

「でもまあ、ショップの女性たちの着ているものは、夏モノか」

結局、俊作の目は、ショップのアイテムよりも暇そうに立っている女性店員へと吸い込まれていく。

中々の美形である上に、いまどきの女性だけあってスタイルが抜群にいい。

下半身のラインが露《あら》わになったスキニーなデニムパンツに、トップスには露出度の高い黒いキャミソール。上から透け感のある白いカーディガンを羽織っているもののデコルテが眩《まぶ》しいくらいセクシーに覗《のぞ》ける。

ガーリーながらもエッジが効いていて、決して俊作のオフィスでは見られないファッションだ。

（まあ、オフィスであんな恰好をされたら、仕事に手が付かなくなるか……）

無論、今のご時世、そんなことを口にするとセクハラと指摘《してき》されるだろう。綺麗とかカワイイなどの褒《ほ》め言葉でさえ、迂闊《うかつ》に口にしてはならないのだから、つくづく俊作のような親父世代には生きにくい。

そんなことをぼんやりと考えていると、その店員と突然目が合った。

「いらっしゃいませ。何か、お探しですか？」

定番の声掛けが、俊作を委縮させる。マネキンのような笑顔を張り付け、彼女はこちらに近づいてくる。

これだって俊作に言わせれば、充分以上にパワハラだ。

「いえ。これといって決めている訳ではないのです。自分でも何を探しているのか判らなくて……」

やむを得ず当たり障《さわ》りのない返事をする。正直に、自分に合う服はどれかと尋ねればよいのだろうが、なかなかそうも訊《き》けない。

そんな俊作を彼女は冷やかしの類《たぐい》と判断したらしい。

「そうですか。では、ご自由にご覧下さい。気になるものがありましたら、お声掛けください」

急に、俊作に興味を失ったかのように、店員はこちらから視線を外し、棚の上のアイテムをたたみはじめる。

そんな彼女の様子に、俊作はなんとなく申し訳ない気分となり、そそくさとその場を退散した。

「雑誌でも見て、もう少し勉強してからにするか……」

まずは雑誌を参考にと考える辺り、思考がおじさん化している証拠なのだろうが、とはいえ他に妙案も浮かばない。

それでも、少しでも行動パターンを変化させようと、デパ地下へと移動する。

普段であればコンビニ弁当で夕食を済ませるはずが、今日はここに寄ると会社を出る時から決めていた。

「それにしても混んでいる……」

この時間帯、いつもこれほど混雑しているのかは判らないが、週末とかの特別な日でもないため、普段からこうなのかもしれない。

通勤電車との比較はオーバーにしても、歩くのも困難なほどの盛況ぶりは、人酔いしそうなほどだ。

どの売り場にも行列ができていて慣れない僕作では、とても買い物などできそうにもない。

諦めて退散しようかと思った矢先、ふと目の前の売り場で客をさばいている一人の女性に目を奪われた。

三十代前半と思しき彼女は、同じ格好をした店員と比べてひときわ輝いている。くっきりとした目鼻立ちが華《はな》やかな美人。色の白さが清楚な印象を与えている。それでいて、どこか成熟《せいじゅく》した色気がしっとりと滲《にじ》み出している感じだ。

男好きのする身体つきが、そう感じさせるのか。ボンと前に突き出しているような胸元が男心をいたくそそる。

（うーん。色気を感じさせるのは、口元もあるか……）

アラサーであったとしても、もうすぐ還暦を迎える僕作から見ると充分若い。

透け防止の施《ほどこ》された純白のシャツに、腰部を覆《おお》うショートエプロンと、清潔感はあっても至って定番の制服も彼女が着ると洗練された美を感じさせられる。

ずっと見つめていたいと思わせるほどの魅力に引き付けられても、いつまでもストーカーのような視線を送り続ける訳にはいかない。

若い頃には、人並みに遊んだ自覚があり、ナンパの経験もないではない。けれど、不惑の年もとうに過ぎた俊作が、分別のない真似などできるはずがない。

もっと言えば、見も知らぬ初老の男からいきなり仕事中にナンパをしかけられ、それを受ける女性など存在するとは思えない。

叶《かな》わぬ夢は妄想だけにとどめ置き、現実的には眼福《がんぷく》を味わうだけで満足する以外ないのだ。

（そうだ。いまは目の保養に徹しよう……）

二十七で結婚して二十五年、誠実に妻だけを愛してきた。その妻を六年前に亡くしてからも、新しいパートナーを求めなかったのは、それだけ妻が〝いいおんな〟であった証しなのだろう。

とはいえ、元来、俊作はおんな好きであり、こうして美しい女性の姿を目で追うことも少なくはない。しかも、そうしていると、時折、偶然にも小さな眼福と遭遇することがあるのだ。

特に、夏は女性も開放的な気分になるためか、薄着のあまり下着のラインが透けていたり、いたずらな風が短いスカートをまくり上げたり、電車で居眠りして下半身が緩《ゆる》んでいたりと、意外な場面で眼福に出くわすものだ。

むろん、常にアンテナを張っているわけではなく、単純に女性の美しさを見つけるだけでも愉《たの》しい。

(それにしても、大胆だなあ。制服の襟ぐりがあんなに空いている……)

所狭しと並べられている弁当の棚を忙しく整理している彼女に惹きつけられるように側に寄ると、弁当を吟味《ぎんみ》する風を装《よそお》い横目で彼女をチラ見する。

(おおっ！　いい匂いがする……)

ふわりと漂《ただよ》うフレグランスは、石鹸ベースの甘い香り。同じ制服を着続ける身だしなみだろう。彼女の皮脂が発する匂いと入り混じり、得も言われぬ芳香が俊作の鼻腔をくすぐるのだ。

我ながらいい年をしてと思うものの、どうしようもなく気持ちが昂《たかぶ》るのを禁じ得ない。

こんなにも陶然となるのは、禁欲を通した日々が長く続いたせいもあるだろう。だからこそ、これほど容易《たやす》く、彼女のフェロモン臭の虜《とりこ》になってしまうのだ。

(なんていい匂いなんだ。まるで、匂いに下腹部をくすぐられるようだ……)

目を瞑《つむ》り、あたりの芳香を密かに肺に満たすと、カアッと血が滾《たぎ》る。これしきの事で久しぶりに肉棒がムズムズと疼《うず》くのを感じた。

危うい感覚についい股間に手が伸びそうになるのを必死で堪《こら》える始末。

なおも目線だけで彼女を追うと、無防備に前屈みとなって陳列棚を整えている。

(おおっ。む、胸元が……!!)

マッシブな胸の重みに襟ぐりが負け、その隙間《すきま》からピンクのブラジャーに包まれた悩ましいふくらみが覗けるのだ。

白い肌に光が指してハレーションに輝いている。

彼女が作業するたび、ふくらみがふるんふるんと揺れまくり、俊作はどうあってもそこから目を離せない。

(い、いかん。いい大人が胸元を覗き見などもっての外だ……。にしても、なんてやわらかそうなんだ！　ブラカップの隙間から乳首まで覗けそうだ)

相当に大きなふくらみの圧力にブラジャーまでもが耐えかね、彼女が動く拍子にフイットしているはずのカップがふわりと浮き上がり、薄紅の色彩が視認できた。

(なんて淡い乳暈《にゅううん》の色。乳首も可憐だ。い、いや。ダメだ。紳士としては、見ちゃいかんのだ！)

懸命に自らを叱咤《しった》して、張り付けた視線をそこから引き剝《ひ》がそうとした。こんな出歯亀のような姿を誰かに見咎《みとが》められたら社会的に終わりになることもあり得る。

無心に働く彼女の胸元を覗き見ることを後ろめたくも感じた。けれど、これほどの眼福に遭遇する機会はそうはない。

ようやく理性が働き、そこから視線を離した瞬間、てきぱきと作業をこなす横顔が、ふいにこちらを向いた。

あわてて俊作は、何食わぬ顔をして眼前の商品を手に取ると、それを彼女に差し出した。

心臓がドキドキしている。

とうに失ったはずの青春の欠片《かけら》を思いがけず見つけたようで、妙に心が浮き立った。

第一章　美容師の熱すぎるキス

1

「くーっ。美味《うま》い!!」

冷えたビールを汗ばむ喉《のど》に流し込んでから、摘《つ》まんだ唐揚げを一口に頬張《ほおば》る。

丁度いい塩みと鶏の旨味がビールと混然一体となって、口福の極みに運ばれる。

未だクーラーの効いていない蒸した部屋だからこそ味わえる醍醐味《だいごみ》。いつもなら不快でしかないはずの背筋に伝う汗でさえ心地いいと感じられた。

「それにしても、この弁当をどうするか……」

テーブルに置かれた唐揚げ弁当は三つ。一つは夕食として平らげるにしても、残りの二つはムダになりそうだ。

せめて唐揚げは、酒のつまみにするつもりだが、それにも限界があるだろう。フードロスに目くじらを立てる訳ではないが、さすがにもったいないとは思う。

「まあ、それも仕方がない。眼福の対価としては安いと諦めるか」

そう独りごちながらも、未だ脳裏には悩ましい乳房がチラついている。

思春期の頃に味わったような淡い官能への憧れ。はたまた胸の奥をチリチリと焦《こ》がすような性への期待。疼くようなムズ痒いような欲情の階《きざはし》が、体のどこかで燻《くすぶ》っているのだ。

けれど、年を重ねてきたせいか、疲れが溜まっているからか、若い頃ほどの情熱が滾《たぎ》らない。

「高校生の頃であれば、あのおっぱいをおかずに、猿みたいにマスをかいていただろうに……」

自嘲気味に嗤《わら》い、再び琥珀色《こはくいろ》の液体を口腔に流し込む。ビールのほろ苦さが、置いてきぼりにした時間の味に感じられる。

「いや、いや。だから、自分が年を取ったなんて認めてはいけない。そんなでは、余計に年を取ってしまう。まだ老け込むには早すぎるぞ！」

現実的に還暦を迎えることは確かだが、現代の人間は昔の人と比べ、十歳は若いように思える。否、ことによると十五ほども若いかも知れない。

たとえば、自分が子供の頃、五十代であった祖父や祖母は、とても年老いて見えた。

六十代七十代の年寄りは、もっとおじいちゃん、おばあちゃんだった気がする。

自分が三十代四十代となり、五十代六十代の両親を祖父や祖母の世代のその頃よりも若々しく感じた。そして、いま自分が還暦を迎えるにあたり、どう考えても親たちの世代の頃よりも若いように思えるのだ。

ただ、中身までが成熟せずに若いままであることは、困りものなのだが。

「まだまだ若いし、いつまでも若くありたい……」

肉体を若く保つには、運動が大切だろう。ガンを疑われた身としては、健康の大切さは身に沁みている。

そして、心を若く保つには、恋をするのが一番だろう。

この歳で恋などと口にすると、〝老いらくの恋〟などと笑われそうだが、恋は若者だけの特権ではない。

たとえば、ベートーベンが〝エリーゼのために〟を書いたのは四十歳の時だ。

楽譜を発見したノールが「テレーゼ」を「エリーゼ」と読み違えたという説が有力なこの曲は、ベートーベンがテレーゼという女性に求愛するため作曲したらしい。

ベートーベンが生きた十九世紀初めの西ヨーロッパの平均寿命は五十歳ほどであることを考えれば、四十代は初老と言えよう。

ドイツの文豪ゲーテが十九歳のウルリーケに求婚したのは七十四歳の時の話。地位と名声を手に入れ、すでに孫もいる大作家のゲーテにとって、この片思いは実らぬ恋ではあったが、晩年を彩る貴重な恋であったであろうことは想像に難くない。

この経験があってこそ、美しい詩がいくつか編まれているのだから、〝この恋は実を結んでいる〟と言えなくもない。

もちろん、俊作は、大作曲家でも大文豪でもないのだから芸術を生むことはない。けれど、若さを保つばかりでなく、何か大切なものを生み出してくれそうな漠然とした予感がある。

「よし。もう一度、恋をしよう。老いらくの恋だと嗤わば嗤え。年甲斐もなくと言いたい奴は言えばいい。どうせ、やっかみ交じり、悔《くや》し紛《まぎ》れだろう。もちろん、ただ恋するだけじゃつまらない。セックス込みで恋をするぞ！」

六年前に亡くした妻・希美《のぞみ》に注いだような愛と情熱をもう一度誰かに……。

精力的な衰えは否めないかもしれないが、性的欲求までが衰えている訳ではない。むしろ、体力の衰えを補おうとするかのように、より妄想が逞《たくま》しくなっているようにも思える。

官能小説の読者が比較的高めの年齢層なのも、想像力というか妄想力というべきかが若い頃よりも高まっているからなのかも知れない。

とにかく、どれだけチャンスがあるかは知れないが、男たるもの〝悔いのないセックス〟をしたいとも思う。

とはいえ、恋にせよセックスにせよ誰とするかが、最大の問題だ。

漠然と欲求はあるものの、胸に手を当てても、〝誰と〟という部分が明らかに欠落している。

正直、脳裏に浮かぶ顔はいくつかあったが、浮かべる側から「いや、いや、それはムリだ」と、否定している自分がいる。

「だとしたら、新しく相手を探す以外ないか」

ならばどんなおんなとしたいのか。ほろ酔いに任せて考えてみる。

そんな戯言《たわごと》のような妄想を巡らすだけでも、思春期の頃に戻れたような気がして愉しいのだ。

「そうだ。せっかくだから書き出してみるか……」

最近とみに忘れっぽくなった自覚もあるし、思いを叶えるには、具体的に願いを書き出すのが効果的であると耳にしたこともある。

ノートを広げ、俊作はまず〝甘え上手な女性〟としたためた。

思えば妻の希美も甘え上手なおんなだった。同時に、母性が強く、甘やかしてくれる女性も好みだ。初体験の相手がそういうタイプの女性だったように思う。

〝甘やかし上戸《じょうご》の女性〟と続いてしたためる。

そんな女性が現れないかと想像するだけでも心が躍り、高揚した気分になる。下腹部に疼くものまで感じた。

「年を取ったからといって性的欲求が溜《た》まらないかと言えば、そんなことはない。むしろ、そんな機会が減っている分、スケベな事ばかり考えるから欲求不満になりがちかもな……」

手っ取り早く風俗にでも行って発散する手もあるのだろうが、いつ尽きるとも知れぬ貴重な精力をそこで費やすのも惜しい気がする。

我ながら、いい歳をしてそんなことばかり考えている自分をどうかしていると思わなくもないが、反面《はんめん》、その意思があるだけ、まだ男として終わっていないと自覚することができた。

2

「どうしても仕事を抜けられないの。博昭《ひろあき》さんも出張中で。それでお父さんお願い。保育園にメグを迎えに行って」

娘の明美《あけみ》からそんな電話があったのは、夜も八時を過ぎた頃だ。

眼の中に入れても痛くないほどカワイイ孫娘のことだけに、どうしてもっと早くに連絡してこないのかと、俊作は怒りながらも急ぎ保育園へと向かった。

「遅くなりました。木澤《きざわ》メグを迎えに来ました」

明かりの落とされた保育園の玄関口で声をかけると、職員室からひとりの保育士が顔を出し、「あちらの教室に……」と中に入るよう促《うなが》してくれた。

あらかじめ園には、明美から祖父である俊作が迎えに行くと連絡があったはずだ。

教えられた教室に向かうと、すぐに孫娘が大泣きしているのを見つけた。

メグは担任の保育士らしき若い女性の胸に顔を埋めている。

「メグ。迎えに来たよ。遅くなってごめんね……」

教室の入り口で声をかけると、すぐにメグは俊作に駆け寄ってきた。

その健気《けなげ》な様子が可愛らしくて、思い切り抱きしめてやる。

「ごめん。ごめん。心細かったねえ」

孫娘を抱き上げたまま保育士に向かって会釈する。

「遅くなりまして申し訳ありません。私も急に頼まれまして……。ご迷惑をおかけしました。娘には、もっと早く連絡をよこすよう叱っておきます」

顔を上げると、保育士からやさしい笑みが振り向けられている。

「いいえ。メグちゃん。頑張っていましたよ。泣いてしまったのも、お友達がみんな帰ってしまったから心細くなったのよね」

「セイラ先生と一緒に待っていたの。俊作が来るって……。でも、遅いのだもの。メグ寂《さび》しかった」

日頃からおしゃべりな四歳の孫娘は、俊作の腕の中で安心したのか、早くもいつもの調子を取り戻している。

お陰で、この人が星羅《せいら》先生なのだと理解できた。

「メグから先生のお噂は、かねがね。とっても綺麗で優しい先生だと……」

どうやらメグの審美眼は、子供ながら優れたものであるようだ。

彼女が漆原《うるしばら》星羅という名で、二十四歳なのだということは明美の口からも聞かされていた。

「あら。メグちゃんのおじいちゃまは、お口がお上手……。あらためて、初めまして。漆原星羅と申します」

丁寧にお辞儀され、釣られて俊作もメグを抱いたまま再び頭を下げる。

「メグの祖父の木暮俊作です」

「ね、俊作。メグの言った通りでしょう。セイラ先生、綺麗でしょう？」

メグは、当たり前におじいちゃんと呼ばずに〝俊作〟と呼んでくれる。それも誰に教わるでもなく自発的に。そこがまたカワイイ。

にしても、どうやらメグは、星羅のことをよほど慕《した》っているのか、とても自慢したがる。

「うん。本当だね」

幼い孫娘に同意しながら、改めて星羅を観察した。

驚くほどの小顔に、細い顎の稜線。そのせいか目がずいぶんと大きく感じられる。その瞳には、どこまでも穏やかで柔和な母性が見て取れる。

美しい額からすっと連なるように鼻筋が通り、小さく鼻翼を拡げている。

小づくりながらぽちゃぽちゃっとした唇が、可愛らしくもあり艶《あで》やかな印象も持たせてくれる。少しばかり口角の上がった口唇が、幼く感じさせると共に、絵に書いたような〝保母さん〟に映る。

その若々しさをショートカットの明るい栗色の髪が際立《きわだ》たせている。ざっくりと耳にかかる程度にまでカットされているのは、子供たちを相手にするため極めて機能的にしているのだろう。

「こんな美人の先生が担任だなんて、メグは大当たりだね！」

お世辞でもなんでもなく俊作が口にすると、メグが大きく「うん」と返事した。そして、何を思ったか幼い孫娘は唐突におじいちゃんを自慢した。

「セイラ先生。俊作、カッコいいでしょう？　すっごく優しいんだよ！」

これだからメグはカワイイ。とはいえ、これには無性に照れた。

「メグ。贔屓《ひいき》にしてくれるのはうれしいけど、先生だって返事に困るさ。先生みたいな若い女性から見ると、俊作はただの年寄りでしかないんだよ」

自らを老人扱《あつか》いするのはやめようと思っていたが、この場は仕方がない。実際、二十代の星羅からすると、俊作は年寄りに映るはずだ。

そんなことを思いながらも、ふと先日したためた女性像と星羅がマッチしていることに思い当たった。

保育士は職業柄〝甘やかし上戸〟なのは当然であり、母性を象徴する仕事であるのは間違いない。

同時に、面食いを自覚する俊作から見ても、星羅は申し分がないほど顔面偏差値が高いのだ。

(いや、いや、いや。いくらなんでも星羅先生なんて、そりゃあムリだ。俺なんて相手にされるはずがない……)

俺なんてとか、年甲斐もなくとか、自らを否定するのはやめにすると決めていた俊作だが、さすがに星羅は高嶺《たかね》の花に過ぎると思う。それはそうだろう。何せ相手は二十代前半とピチピチなのだ。人生も終盤に差し掛かる俊作とでは釣り合いが取れるはずがない。

確かに、世の中には〝年の差婚〟の例も掃いて捨てるほどあるだろう。けれど、娘よりも若い星羅と自分が恋仲になるなどイメージすら湧いてこない。

「あら。そんなことはありません。メグちゃんのおじいちゃまは、とってもダンディで素敵です。いいなあメグちゃん。カッコいいおじいちゃんで」

お世辞を真に受ける歳ではない。幼いメグに合わせてくれているのだ。それでも星羅の思いがけない言葉は、思わずニヤケそうになるほど嬉しい。

（もしや脈があるか……？）

淡い期待を胸にしまい上機嫌でメグを連れ帰った。

3

「にしても、美容室は敷居が高いな……」

行きつけの床屋ではイメージチェンジにならないと思い立った俊作は、街に繰り出して美容室を物色している。

星羅先生をデートに誘う──。

昨夜遅くに娘の明美がメグを引き取りに来たあと、例のノートにそう記した。

母性豊かな星羅だからお年寄りへのつき合いで、デートに応じてくれることも考えられる。それはそれでチャンスなのだが、そこから恋愛に発展させるのは至難の業だ。ミッションを成功させる確率は、かなり低いだろう。まして、年齢的ハンデもあるのだ。

だからと言って、高嶺の花と諦めてはいられない。

年齢を重ねることは、ハンデばかりではない。その分、図太《ずぶと》くなっているという強みもある。若い頃より、打たれ強くなっているのだから臆することはないのだ。

そうと決めたからには、まずは身だしなみから整えるべきと、休日に俊作は髪を切ることにしたのだ。

それも思い切ってお洒落な美容室に入ると決めた。

事前にスマホで美容室を検索し、なるたけ口コミの高い店を見つけては、自分に合いそうか吟味《ぎんみ》した。

結果、どこがいいのかさっぱり選べず、実地に美容室を物色することにしたのだが、いくら店の外観を見たところで、やはり判るものではない。

散々迷った挙句、比較的、混んでいなさそうな美容室に思い切って飛び込んだ。

そこで俊作を担当してくれたのが水沢由乃《みずさわよしの》だった。

「いらっしゃいませ木暮様。本日、担当させていただく水沢由乃です。よろしくお願いします」

折り目正しく挨拶をする由乃に、思わず俊作は息を呑んだ。

そこに立つ彼女は、たじろぐほどの美人と表現すればいいだろうか。神々しいと形容してもいい。とはいえ近寄り難《がた》いクールさばかりではなく、フェミニンなやわらかさとしなやかさを持ち合わせた魅力的な女性なのだ。

（おおっ、すっごい美人……！）

思わず内心に溜息のようにつぶやいた。

なるほど美容室に勤めるだけあって、自身がモデルさながらに大人の女性として洗練されている。

「あっ。木暮です。よろしくお願いします」

事前に受付で、カルテを作るためのアンケートに記述していたから、名前を呼ばれるのも不思議はない。

彼女に案内され席に着いたのだが、その記憶があやふやになる始末。

「本日はどのようにしましょうか？」

俊作の後ろに立ち、鏡の向こう側で笑顔を振りまく美人美容師。完全無欠なまでの由乃の美しさの前では、あまり物事に動じなくなった俊作であっても、頭の中が白くなりかけているようだ。

その顔面偏差値の極めて高い美貌が微笑《ほほえ》むだけで、俊作はだらしなく鼻の下が伸びていくのを感じた。

身長が高くすらりとした痩身に、フランス人形のような小顔がチョンと乗せられた八頭身美人。年のころは二十代後半から三十代と、おんな盛りに成熟している。

凛《りん》とした知性を匂わせる目元とすっきりと通った鼻筋がクールさを感じさせる一方、頬のやさしい稜線とぽってりと官能的な唇が、甘くやさしいアクセントになっている。まさしく超絶美人だ。

セミロングの髪は、明るくピンクブラウンに染められ、ふわりと軽い印象がお似合いだ。

スタイル抜群であるせいか、ホワイト系のシャツとスリムな黒のパンツのモノトーンがよく似合っている。

(この人が女優なら女神の役とかが似合いそうだ……)

そう思い浮かべる一方で、『髪結いの亭主』という甘美で官能的な匂いのするフランス映画を思い出していた。

そんな連想が立て続けに浮かぶほど、彼女は神々しく、セクシーであり、ただそこに佇《たたず》んでいるだけで魅力的なのだ。

しかも、ムンと匂い立つほど濃厚なフェロモンも悩ましく放っている。

その細身《ほそみ》のボディラインたるや、まさしくモデルのごとく完璧なラインを描き、優美極まりない。

衣服の上からでも容《かたち》の良さを際立たせている胸元は、ボリューム的にはCカップほどなのだろうが、そのスリムなデコルテラインとの対比もあり、思いの外、豊かに映る。

ウエストがキュッと女性らしくくびれた後に、腰つきや臀部が見事なまでに実っている。尻朶《しりたぶ》などは、彼女が一歩足を踏み出す度に、麗しく左右にユッサユッサと揺れるほどだ。

腰高の位置からすんなりと伸びる長い脚は、すっきりと無駄な肉のない細さなのにやせぎすではなく、むしろ女性らしさに満ち満ちている。

「あの……。木暮様？」

鏡の中の美女に見惚《みと》れるばかりの俊作を、やわらかい声が現実へと引き戻す。

耳をくすぐるその声質さえ甘美に思え、俊作は思わず頭を振った。

「あっ、いえ。すみません。由乃さん……でしたっけ？　あんまりお綺麗なので、呆気に取られてしまって。えーと、何でしたっけ？」

こうして美容室の鏡の前に座って、「何でした？」もないものだが、緊張気味なこともあり要領を得ない。

そんな俊作に、クスクスっと由乃は笑いながら再び口を開いた。

「本日は、どのような髪型になさいますか？」

綺麗と褒められたことには一切触れず、由乃は言葉を変えて訊いてくる。

「パーマを掛けますか？　カットだけにします？　長さはどのくらいまで切りますか？」

少しずつ口調を敬語から砕けてやわらかにするのは、俊作の緊張を和《やわ》らげようと配慮してくれているのだろう。そんな心配りも好ましい。

「ああ、そうですね。できれば、由乃さんにお任せにしたいのです。注文があるとすれば、イケおじに変身させてください」

「イケおじ……ですか？　何かイメージとかありますか。たとえば、俳優さんやタレントで……」

少し戸惑う表情を見せながら小首をかしげて思案する由乃。ますます好感度は上がるものの、肝心の髪型のイメージについてはなにも思いつかない。

「実は、漠然としたイメージすらないのです。あまりテレビとかも見ないので、俳優さんとかも判りませんし……。正直、どういう髪型が自分に似合うのかも判らないのです。ですから、カッコよく変身したいと言うしかなくて」

なおも思案顔を続けながら由乃は、クシで俊作の髪を撫でつけている。

どんな髪型が似合うかを考えているのかもしれないが、なかなかいいアイディアが浮かばずにいるのかもしれない。

「すみません。無理な注文をして。由乃さんがカッコいいと思う髪型にしてくれればいいです。とはいえ元がこの顔ですから、似合うかなぁ程度でも……」

冗談めかして伝えてみると、ようやく由乃が頷《うなず》いた。

「私の好みでよければ、ワイルド系はいかがでしょうか？　品のあるスタイルもお似合いですが、カッコよくというご希望でしたらワイルド系の方が……」

鏡の中で大きな瞳が輝きを増した。迷いが消え方向性が定まったのだろう。はじめからお任せするつもりであった俊作に異論はない。

「では、ワイルド系でお願いします」

「まず、パーマでウェーブをつけますね。サイドは刈り上げて〝渋み〟を演出しましょう。髪は染めずに白髪を活《い》かす感じで」

すでに由乃には、完成形が見えているのだろう。磨《みが》かれたセンスで提案をしてくれる。

「判りました。ただ、一応会社勤めですので、お手柔らかにお願いします」

サイドは刈り上げると聞いて、さすがに攻めすぎて勤めに向かないヘアスタイルでは困ると思い口にした。

「承知しました」との返事と同時に、ハサミが入る。

パーマ用のロッドを巻く前に、まずは髪を切りそろえるらしい。

リズミカルなハサミの音と髪に触れるやさしい手の感触が心地いい。

「うちのお店は、何かをご覧になって知ったのですか？」

会話のはじまりはそんな風だった。やがて、好きな音楽や休みの日には何をしているのかといった当たり障《さわ》りのない質問に受け答えしていく。

客商売だから当然なのかもしれないが、彼女くらいの年代の女性と会話が途切れないことが不思議であり、殊《こと》のほかそれが愉《たの》しい。

くだらない俊作の親父ギャグにも、他愛なく由乃は笑ってくれるから、余計話に興が乗る。

若い女の子とこんなに話が弾《はず》むのは、はじめてかもと思うほどだ。

会社にも同じ年代の女子社員たちがいるが、これほど会話が続いた試しがない。

いつのまに〝木暮様〟と呼ばれていたのが〝さん〟に変わり、敬語も少しずつ砕けていく。

意外なことに、映画の趣味がぴたりと合うことが判り、さらに話が弾んだ。

どんどん距離が近づいていく様子に、調子に乗った俊作は、由乃に自分くらいの年齢のおじさんは恋愛の対象になるか訊《たず》ねてみた。

「ええ。なりますよ」

意外な答えが、考えるまでもない、というくらいの早さで返され、ちょっとドキドキする。

「そう？　うれしいなあ。実はね、イケおじになりたいのは、もう一度でいいからときめくような恋愛をしたいからなんだ。六年前に亡くした妻には悪いけど、もう一度だけってね。こんなおじさんが、恋だなんておかしいだろうけどね」

思い切って打ち明けると、由乃がやさしい笑みを浮かべながら首を振った。

「いいえ。素敵だと思いますよ。私に、恋愛対象になるかを聞くということは、もしかして、お目当ての女性がいるのですね。それも私くらいの年齢の……」

「実は、そうなんだ。老いらくの恋など、みっともない限りだけどね」

由乃より星羅はもっと若いだろうが、それは口にしない。

「みっともないだなんてそんな……。素敵だと思います。うまくいくといいですね」

「ありがとう。由乃さんに言ってもらえると頑張る勇気が湧いてくるよ」

「そんなに頑張らなくても、木暮さんは充分、カッコいいと思いますよ」

美人美容師は手を動かしながら会話しているため、リップサービスなのか、本当にそう思ってくれているのか、その表情は読めない。けれど、褒め上手な彼女に、ついつい俊作も気持ちよくなっている。

「それじゃあ、このカッコいいおじさんとデートしてみる？　もし由乃さんと恋愛できるなら人生最後の恋になっても悔いはないし……」

冗談めかして言葉にしたが、舞い上がり過ぎての軽口ではない。本当に由乃のような女性と、恋愛できるなら老朽化した心臓が止まっても悔いはないと思えるのだ。

「もう。木暮さんったら冗談ばっかり……」

そんな風にいなされるのが落ちだろうと思っていた。けれど、思いの外、由乃は真剣に考えてくれているのか、容《かたち》のいい唇からしばし、言葉が出ない。

その沈黙にいたたまれなくなった俊作の方から口を開いた。

「ま、まあ、デートするにも服装を考えないとね……。由乃さんのお陰で、ヘアスタイルはばっちり決まりそうだけど、どんな服を合わせればいいのか……。明日、会社帰りにでも買いに行こうと思っているのだけどね」

実際、ワイルド系のヘアスタイルに似合いそうな服など持ち合わせていない。

思えば着るものなど、ほとんど妻に任せきりにしてきたため、お洒落の仕方などとうに忘れている。

正直、また当てもなくショップを歩くのも億劫《おっくう》だが、星羅を口説くという目標を立てたからには、そうも言っていられないだろう。

「あの、もしよければ、私がコーディネートしましょうか？」

思いがけない申し出に、さすがに俊作は面食らった。

「明日はお店があるので、火曜日でよければ。木暮さんの会社終わりにでも……」

待ち合わせ時間まで詰めてくるということは、由乃は本気らしい。

もしかすると、これはデートしたいと申し込んだ返事なのかもしれない。

無論、俊作にとっては願ってもない話であり、天の助けでもある。由乃のような美女と街を歩けるだけでもうれしい。

「本当に？　それは助かる。じゃあ、何かお礼をしよう。何がいい？」

「お礼なんて、そんな……」

「いやいや。休みの日に貴重な時間をもらうのだから、お礼はしないと。そうだ、何か美味いモノでもご馳走しよう。妻に先立たれたせいで外食が多くてね。美味い店にだけは詳しいから」

瓢簞《ひょうたん》から駒のように由乃と食事する約束まで取り付けた。

4

「これって、やはりデートだよな」

行きつけのラウンジのおんなの子と、いわゆる同伴《どうはん》をしたことはある。幾分高くはつくが、一人侘《わび》しく食事するよりも、よほど美味《おい》しく飯が食える。

無論、その後、店に同伴するわけだから男女の関係があるわけではない。よく考えてみると、同伴も援助交際もそれほど差はないのかもしれない。

とはいえ、今日は由乃からの申し出であり、洋服のコーディネートまでしてくれるのだから、同じご馳走するにしても段違いにメリットは大きい。

しかも、あの時、俊作は、どさくさ紛れに由乃と恋愛がしたいと申し込んだのだ。彼女から明確な返答はなかったが、こうして買い物につき合ってくれるのだから脈がない訳でもないように思える。

それもあって俊作のテンションは、際限なく上がっている。

(なんだか高校生の頃に戻ったような気分だ。はじめておんなの子とデートした時も、こんな風だった……)

こんな想いを再びしたいと望んでいたのだ。

その相手として由乃は、申し分ないどころか、もったいないほどの美女だ。

例のノートにも、由乃と愉しいデートがしたいと願望を綴《つづ》っている。

はじめから下心があった訳ではないが、スタイルのいい彼女とセックスしてみたいと下心も隠さずに書き記した。

それにしても、待ち合わせの時間から十五分が過ぎている。遅れるのは女性の特権ではあるが、はじめての待ち合わせだけに本当に来てくれるのか多少の不安がないではない。

と、そこに裾《すそ》を揺らし駆けてくる由乃の姿が目に留まった。

セミロングの明るい髪を軽やかに揺らしながら俊作の元に駆け寄ると、ひどく息を切らしながら「ごめんなさい」と謝るのだ。

首筋にうっすら汗までかいて紅潮させた頬がひどく色っぽい。

5センチほどもありそうなハイヒールを履きながらも、自分のために駆けてくれたのだと思うと、年甲斐もなく胸がキュンとした。

「遅くなってごめんなさい。着るものに迷ってしまって……。俊作さんのコーディネートをする手前、私も頑張ってみようかと」

なるほど、「頑張った」と言うだけあって由乃の装いは見事だ。

細身の女体をぴっちりと包み込むベージュ系のカシュクールデザインのカットソー。胸元が大きくV字に食い込んでいるためデコルテラインが際どく覗ける。その大きな露出を補うように、白い長めのカーディガンがやさしく女体を覆っている。

下半身には黒いシックなミニスカートをすっきりと巻き付けている。網目の細かな黒いストッキングから艶《つや》めいた肌が白く覗けた。

ただでさえ腰高で美脚の由乃がハイヒールを履くと、さらに脚がすらりとする。

美容室での時と雰囲気が違うのは、メイクのせいもあるだろう。

アイラインやルージュもケバくならない程度にばっちりと決め、大人っぽく妖艶《ようえん》で、それでいて品がある。それほどに彼女が、非の打ちどころのない美しさとカッコよさを見せつけるから、まさしく眼福極まれりといった風情だ。

「いや、いや。古い考え方かもしれないけど、女性に待たされるのも、デートの醍醐味だよ。にしても、由乃さん。今日は一段とお美しい」

会社に属する人間として、女性の見た目を褒めるのはセクハラに当たると承知している。けれど、とても褒めずにはいられないほど、由乃は完璧なのだ。

恐らくは、ヘアメイクのプロとしてトータルコーディネートとはこういうものと範を示すつもりなのだろう。

その成果たるや凄まじく、先ほどからすれ違う人たちが振り返る率が凄い。それも男ばかりではなく、女性でさえ二度見するほどだ。

むろん俊作にとっては、目の前に女神が降臨したかと思うほどの衝撃だった。

「うふふ。ありがとうございます。では、イケおじの俊作さん。私をエスコートしてくださいますか？」

何気に、はじめて「俊作さん」と、名前を呼んでくれる由乃。浮き立つような俊作の心中を知ってか知らずか、すっと彼女から腕を絡《から》めてくる。

クールビズの半袖開襟シャツを着ている俊作には、すべすべと滑らかな肌の感触を存分に味わえた。

「こんな風に歩くのは照れくさいけど、待たせたお詫びです。こういうスキンシップもいいでしょう？」

整った美貌がコケティッシュに微笑を浮かべ、意味深なセリフを吐いた。

やわらかな胸元が、むにゅりと二の腕に押し付けられるだけで、あたかも雲の上を歩くような心持ちになる。

「由乃さんのような美女をエスコートできるなんて、光栄ですよ」

内心の動揺を隠し、お道化《どけ》た口調で応えながらも、どうしても肘にあたるふくらみを意識してしまう。

天然の小悪魔なのだろうか、それとも意図的にやっているのか判然としないが、大人っぽい由乃が予想以上に甘え上手なことに驚いている。

「それで、今日はどこのお店でコーディネートしてくれるのかな?」

高級ブランドに連れていかれても恥をかかぬよう覚悟しているものの、普段あまり立ち寄らぬ店に行くのは、やはり気構えてしまう。

けれど、由乃が誘ってくれた店は、メンズ専門のショップの中でも、それほど高級なものばかりが並ぶ店ではなかった。

「いらっしゃいませ」

紳士然とした四十代半ばと見える店員がすかさず挨拶してくる。

「ちょっと見せてくださいね……」

さっそく店を物色する由乃。俊作も並べられているアイテムを広げてみたり、鏡の前で体に当ててみたりする。それでいて視線だけは、ずっと彼女の姿を追いかけている。

二の腕にシャーベットトーンのカットソーを二枚、パープルカラーと桜色の色ちがいをさっそく選び出している。

俊作の元に取って返すと「パンツのサイズは判りますか？」と尋いてくる。

「えーと。ごめん。判らない」

応えながら俊作は、所在なく前に目立ちだした腹を擦《こす》る。

「じゃあ……。すみませーん。ウエストのサイズを測ってください」

そんな俊作を横目に、由乃が店員に手を振ってリクエストする。

直ぐに先ほどの店員がやってきて、メジャーで腰回りを測ってくれた。

「94センチですからXLサイズになります。インチですと37もしくはゆったり目に38です」

「ありがとうございます」

店員に丁寧に礼を言ってから由乃は、またパンツのコーナーへ取って返す。その後ろ姿に俊作もついて歩く。さらに、その後を店員もニコニコしながら着いて来た。

「白いパンツは、持っていますか？　こんなデザインの……」

俊作の腰部にパンツをあてがいながら由乃が訊いてくる。

「いや。こういうズボンは持ってないなあ」

そもそも白いパンツなど、三十年以上は穿いていないのではないだろうか。

「それなら、これを試着してください。ああ、このカットソーも」

手渡されたパンツとカットソーを手に、店員に導かれ試着室へ。

淡いパープルカラーのカットソーに着替えてからパンツも履いてみる。

「いかがですか？」

頃合いを見て店員が声をかけてくれる。試着室のカーテンを俊作が開けると、そこには由乃も待っていた。

「はい。これも羽織ってみて……」

差し出された濃茶系のダブルのジャケットも大人しく羽織ってみせると、満足げに由乃は頷いた。

「うん。カッコいい！」

「はい。よくお似合いです……。奥様は、センスがいいですね」

どうやら店員は、ふたりが腕を組んで歩くのを見ていたのだろう。一見、若い愛人を連れた男と見られても不思議のないカップルだ。しかも、彼女は終始、俊作に敬語を使っているのだ。それでも、あえて奥様と言ってくれるその心遣いが、俊作には嬉しい。

「うふふ。ありがとうございます」

にこやかに微笑み店員に礼を言う由乃。何を思ったか、しゃがみ込んで俊作のパンツの裾を折っていく。

「裾上げせずに、こうして折りあげた方がカッコいいでしょう。はい、あなた。いかがです？」

奥様で由乃も通すつもりか、「あなた」と呼んでくれる。鼻の下がだらしなく伸びていくのを懸命に引き締めた。

「うん。キミがいいと言うのであれば……」

値札も確認することなく、既に買う気になっている。

「あら、色違いのカットソーも試着してみてください。私は、もう一枚シャツを見立てますね」

そう言って由乃は、また商品の棚に消えていく。すると取り残された者同士、店員の彼と目が合った。

「素敵な奥様ですね。羨ましい限りです」

ますます妻ではないと打ち明けにくくなり、俊作は曖昧《あいまい》に頷き、再び試着室のカーテンの中に身を隠した。

5

「ごめんなさい。まさか全部買うなんて……。たくさん、お金を使わせてしまって」

結局、由乃がコーディネートしてくれたのは、カットソーとジャケット、白いパンツ。さらには、シャツとジーンズに靴まで、それを全て買い揃えた俊作。お礼にと、彼女にはバラの花束をプレゼントしている。

「いいえ。金のことはお気遣いなく……。由乃さんのお陰で、とても助かったし、何より楽しかった」

いまは、予約していたイタリアンレストランで、食事とワインを愉しんでいる。

相変わらず俊作のくだらない親父ギャグにも、他愛なく笑ってくれる。

若い女性にありがちな、偏食や食の細さもなく、なんでも美味しそうに食べてくれることにも好感度が爆上がりだ。

「うふふ。あの店員さん、私のことをずっと奥様って」

クスクスと笑いながらまんざらではない表情を浮かべる由乃。かなりの散財はしたが俊作も、あの店員のお陰でさらに由乃との距離が縮まったのだからそれ位の出費は痛くない。

「私、今年で三十一歳になるのですけど、今日初めて人妻の気分を味わいました。いいものですね。誰かの妻って……。でも、その前に恋がしたいかなあ」

すっかりワインでほろ酔い加減らしく、由乃がそんなことを言い出しはじめた。

「でも、なかなかいい出会いがなくて」

「本当に？　由乃さんほどの美人なら言い寄る男も多そうだけど」

ただ美人なだけではない。由乃は明るく気立てもいい上に聡明で、しかもスタイル抜群なのだから、ひっきりなしに男から声が掛かるものと思っていた。

むしろ、俊作の感覚では、こんな魅力的な女性にアプローチをしない男たちは何をやっているのだろうかと不思議なくらいだ。

「そんなことありません。カラダ目当てのナンパで、声をかけられることはあるけど、まともな男性からアプローチされたのは、いつが最後か考えるほどです」

現代の風潮なのだろう。男女ともに恋愛の機会が失われていることは俊作も見聞きしている。草食系男子に代表されるように、それだけ男に勇気と覇気が欠落しているのだろう。

「それって由乃さんに限らず、周りの女性たちも似たり寄ったりの状況？」

「ええ。友達も彼氏ができないと零《こぼ》しています。それも仕方がないことなのかもしれません。今の男性たちはみんな、女性にアプローチするリスクに腰が引けているのです」

「リスクって何がリスクなの？　稼げないからとかの経済的な理由が大きいのだと思っていたけど」

「多分、新しくできた法律のせいじゃないかって、誰かが……」

彼女が口にした新たな法律とは、『不同意性交等罪』のことだと俊作も思い当たった。

その問題を解説した何かの記事を思い出したのだ。

恋愛と隣り合わせにある性的な問題は、よりデリケートさを増していて『不同意性交等罪』が法律化されて以来、潮が引くように若い男たちは恋愛から撤退しているらしい。

たとえ、その場ではきちんと同意を得られていても、後日、女性の方が「あれは同意ではなかった」と訴えれば〝罪〟が成立しうるのだから、その小さくはないリスクのせいで〝草食〟はおろか〝絶食〟になりつつあるそうだ。

むろん、女性をレイプや暴力から守る意味では、有意な法律ではあろうが、虚偽や冤罪《えんざい》を生む危うさを秘めているのは事実のようだ。それを〝リスク〟と見た男たちは、より恋愛に及び腰になっているのだろう。

「私の世代でも、三十代のバージンが少なくないみたいです。いつも女性は、恋に対して受け身の姿勢がほとんどですから、男性からのアプローチがないと……」

よほど由乃もバージンなのかと尋ねたかったが、それこそセクハラになりかねない。酔った上でもダメなものはダメだと、その疑問は封印する。

「ふーん。それではますます少子高齢化など解消されないね。でも、まあ、やっぱり今の男がだらしないとも言えるかな。たとえリスクがあっても、由乃さんのような美女と愛し合えるなら、そんなもの怖くはないってくらいの気概を見せなくちゃ」

いい恰好をするつもりもなく俊作は、本心をそのまま口にした。それこそ酔った勢いも借りているが、由乃の心持ちうっとりとした眼差しに、気持ちよくなっていたこともあった。

「ご馳走様でした。どの料理も美味しくて、ワインにもすごく合って……。お陰で少し飲み過ぎたみたいです……」

愉しい時間は、いつもあっという間に過ぎてしまう。気がつけば、ワインのフルボトルを二本も空けている。

お酒は好きと打ち明けていただけあって、想像以上に由乃はアルコールに強いようだ。それでもさすがに美貌をほんのり赤く染めていて、色っぽいことこの上ない。

「遅くまでつきあわせてごめん。ちゃんとタクシーで部屋まで送るから」

努めて紳士を装う俊作。どんな話題にも、楽しそうに明るく笑ってくれる彼女に、この笑顔を見られただけで満足だと感じている。その腕に、またしても由乃が腕を絡めてくる。

「少し酔っちゃいました。とっても、ダンディな俊作さんに……。もし、よければ、今夜だけは俊作さんの妻でいさせてくれませんか？」

思いがけないセリフに、俊作は間近にある由乃の瞳の奥を覗き込む。色っぽく潤《うる》ませている漆黒の煌《きら》めきは、酔いによるものというよりも、欲情によるもののように見える。

急な由乃の誘いに、俊作は内心の動揺を抑《おさ》えるのに必死だった。

由乃とセックスしたいと密かにノートにしたためた下心が、見透かされているような気がしたのだ。

「むろん、由乃さんは物凄く魅力的で、そうしたいのはやまやまだけど。でも、いいの？　まだ出会って、あまりにも間もないように思うけど」

若い頃なら飛びついていたであろうことも、年を重ねるとどうしても慎重になる。端《はた》から見れば〝泰然自若〟と言えなくもないが、実情は情けない限りだ。

「男を見る目はどうあれ、こう見えて私、人を見る目はある方なのです。こうして俊作さんといると楽しいし、安心できて……。だから俊作さんとならって……」

美容師は、様々な人と至近距離で接する仕事であり、それ故、人を見る目も養われるのかもしれない。

「俊作さんにお目当ての女性がいることは判っています。でも、俊作さんは、私とも恋愛がしてみたいって……。あの瞬間から、ずっと俊作さんを意識して……」

黙って彼女の瞳の奥を覗き込んでいる俊作に、ついに由乃は居たたまれなくなったように顔を伏せた。

「うれしいな。こんないい歳をしたおやじを誘ってくれるなんて。本気にしていいのだね？」

「本気にしてください。私、もう三十歳を過ぎてますから生娘《きむすめ》みたいな迷惑はかけません……。うふふ。正直に言うと私、一度でいいから俊作さんのような大人の男性に身を任せてみたい願望を持っていました」

誘いに応じた俊作に、ようやく由乃の強張《こわば》っていた頬に笑みが浮かんだ。

ファザコンを示唆するような由乃の言葉に、俊作も微笑み返して頷いた。

6

「うわあ。いい眺め。素敵な部屋ですね。それに、とっても広い」

由乃との〝初夜〟を演出するため、俊作はシティホテルに部屋を取った。たまたまセミスイートが空いていて、迷うことなくその部屋を選んだのだ。お陰で、綺麗な夜景を彼女にプレゼントすることができた。

有り余っている訳ではないが、娘も結婚して巣立たせている俊作だから、自分が食っていく程度ならほとんど金はかからない。若い頃から少しずつでも投資や貯蓄に回してきたから、同世代の男たちより贅沢するための軍資金は多いのだ。

「ごめんなさい。本当に私、俊作さんに散財させてばかり……」

そんな風に男の懐具合を気に掛けてくれる由乃は、やはりいいおんなだ。

「気にしなくてもいいよ。金は使うためにあるんだ。それも由乃さんを歓ばせるためなら、全然、生きた金の使い方だと思うよ」

嫌味にならないように気をつけながらも、気障《きざ》なセリフを口にする。まだワインの酔いが残っているのか、由乃という美女に酔っているのか。

「お花といい、このお部屋といい、私、こんなにレディ扱いされるのは、はじめてです……。だから、余計に俊作さんに酔ってしまいそう」

由乃の濡れた瞳を見つめていると、さらに酔いが回る。甘く蕩《とろ》けるような上等な美酒に、胃の腑からカァッと熱い欲望が込み上げてくる。

しきりに喉が渇き、もう少しだけ本物のアルコールを入れたいと思ったが、この歳だと酒が過ぎて勃《た》たなくなることもありえる。

「由乃さん……」

そっとその名を呼び、スレンダーな女体をやさしく抱き寄せ、黒曜石のような瞳を覗き込む。キラキラと潤み輝く漆黒の瞳が俊作の情動をさらにそそる。

細い頤《おとがい》を指で挟み、軽く持ち上げると、その花びらのような唇に自らの同じ器官を近づけた。

その瞬間を待ちわびるように、くっきりとした二重《ふたえ》瞼《まぶた》が閉じられていく。長い睫毛《まつげ》が繊細に震えている。

ローズピンクに映えた唇がいかにも華やかで、上品な彩りを添えている。

俊作は息を詰め、やさしく朱唇を奪った。

「んっ……」

二度三度、軽く唇を重ねては、その甘い感触を味わっていく。

それは、あまりにもほっこりとやわらかく、まるでマシュマロにでも触れるよう。

上唇に比べ、下唇が厚いせいか、受け口気味にやさしく俊作を受け止めるのだ。

「この口づけは、由乃さんを淫《みだ》らにさせるおまじない。これからいっぱい由乃さんを気持ちよくさせて、おんなの悦びを味わわせてあげるよ」

甘く囁《ささや》いてから再び朱唇をちゅちゅっと啄《ついば》んでいく。魅惑の弾力を楽しんでは、すぐにまたその感触が欲しくなり、何度でも求めてしまう。その度に、愛しさが溢《あふ》れ出し、激情が募ると判っていてもやめることができない。

俊作の胸板に反発する乳房の弾力も、若い女性を抱き締めている実感を与えてくれた。

「んふん、んんぅ……。俊……作……さん……んむぅ……」

小さな鼻翼が空気を求め愛らしく膨《ふく》らむ。瞼を閉じ、顎を持ち上げ、求められるまま唇を差し出してくれる由乃。徐々に美貌が紅潮しはじめ、蕩けるような表情で濃艶な色香を放ちはじめる。

やがて、ただ触れるだけでは物足りなくなり、舌を伸ばし、極上の口唇をこじ開けると、唇の裏側や白い歯列を舐《な》め啜《すす》り、ついには彼女の朱舌と絡めあう。

「由乃ぉ……。おおぉ、由乃ぉっ！」

劣情の赴くままに熱くその名を呼び捨てにし、息継ぎしては、またねっとりと舌をもつれさせ、ついには口の奥にまで舌を挿し込む。

三十路《みそじ》とはいえ由乃はまだ若く、熟女手前の微熟女といったところだろうか。けれど、その熟《う》れ具合は十分すぎるほどで、口腔を啜るだけでねっとりと甘い。

(キスとはこんなにも甘く、欲情をそそられるものであっただろうか……)

久方ぶりに味わうキスの甘美さに脳髄までが痺《しび》れていく。

若い頃であれば、キスだけでこんなに時間をかけずに、がっつくようにその肉体を求めていたかもしれない。

「ほうぅぅ……。熱い口づけ……。キスだけで私、蕩けてしまいそうです……ふむん、むむむ」

軽く喘《あえ》ぐ微熟女の手指を拘束するように、しっかりと指と指を絡ませ、執拗に由乃の口腔粘膜を舐《ねぶ》りまわす。

「もうお前は俺から逃げられない。お前は俺のものだぞ！」

そう教え込むように長く唇を重ねては、舌を吸い、絡め擦っては、さらに喉奥までも貪《むさぼ》る。

「あはぁぁっ……。ハァ、ハァ、ハァっ。しゅ、俊介さん……」

もはや、それをキスとは呼べない。交尾と呼んだ方がしっくりとくるほどの熱い口づけに、微熟女は立っているのもつらそうに喘いでいる。

「くふぅっ！　はんっ……。んふぅ、ぉほおぉぉっ……」

由乃の息遣いがどんどん荒くなるのは、口腔を蹂躙《じゅうりん》されているからばかりではない。いつしか俊作は繋《つな》いでいた手指を解《ほど》き、その麗しい女体のあちこちにやさしく這いまわらせているからだ。美麗な女体のフォルムを確かめるように、触れるか触れないかのフェザータッチで、白いカーディガン越しに掌を滑らせている。

衣服の上からでさえ、その女体の極上さが知れた。

「んふっ、んっ……んんっ」

掌が触れるにつれ、漏《も》れ出《だ》す息遣いが悩ましさを増していくのは、それだけ絹肌の感度がいい証拠だろう。

もっと、その滑らかな肌を味わいたくて、華奢《きやしゃ》な肩からカーディガンを剥《は》いだ。

露わになった丸い肩をそっと掌に包み込み、美肌の瑞々《みずみず》しさと潤みを堪能《たんのう》する。

直接、素肌に触れられた女体は、ビクンと反応を示しながらも、逃げ出すことはない。それをいいことに俊作は、そっと朱唇から首筋に唇を移動させ、手では彼女の背中をまさぐっていく。

「あっ、俊作さん、待って！　お願いですから、待ってください。私、シャワーも浴びていないのです。ずっと汗ばんでいたし、匂いが気になるから……」

確かに、首筋に唇を這わせると、微《かす》かに舌先に汗粒の塩みを感じた。けれど、それ以上に、皮下から滲み出るフェロモンが甘美であり、むしろ俊作の官能を昂らせるものなのだ。

「汗なんて気にすることはない。むしろ、いい匂いがしてるくらいだ。不思議なくらい甘く感じるよ」

そう言いながら掌で背筋をなぞる。けれど、由乃には、羞恥が勝るらしく「でも……」と言って、身を固くしている。

大胆にも彼女の方から誘った割に、恥ずかしがり屋の一面も覗かせる由乃。そのギャップさえ俊作には好ましい。同時に、その羞恥心を煽《あお》ることで、さらに由乃がおんなとして一皮剝けるだろうと予想して、俊作は胸躍らせた。

「だったら一緒にシャワーを浴びる？　僕が由乃を綺麗に洗ってあげよう。それが嫌なら、このままで……」

究極の選択を迫りながらも、恥じらう微熟女をベッドに押し倒した。

「あん。そんな強引に……。わ、判りました。俊作さんの好きにしてください」

赤く染めた美貌を俊作から背《そむ》け、髪の中に埋め隠す由乃。左手を唇に運び、人差し指をあてがっている。声を漏らすことも恥ずかしいらしい。

三十路というよりも初々《ういうい》しい乙女を相手にするようで、俊作の劣情はいや増した。

無防備になっている首筋に再び唇を押し当てる。今度は、舌先をチロっと伸ばし、絹肌の上をツーっと刷《は》いた。

「んっ！」

途端に、女体に緊張が走る。恥ずかしいくせに、否、恥ずかしいからこそ、むしろ素肌は敏感になるのだろう。

首筋に埋めた鼻先で、由乃の香《かぐわ》しい匂いを嗅いでいく。マナー違反は承知の上で、若いおんなのエキスを舌でも鼻でも味わいたい。

「もう、俊作さんのエッチぃ……。あんなに紳士だったのに、いまはいやらしすぎます！」

由乃のカワイイ抗議《こうぎ》に、俊作は笑いながら頷いてみせた。

「確かに。でも、抗議は受け付けないよ。僕は由乃の全てを味わいたいんだ。味も、匂いも、手触りも、そして目でも、五感で由乃を感じたい。それにね、こんなに美味しそうな女体を目の前に、今更、紳士でなんていられやしないよ」

いやらしいと非難されようと、スケベ爺と呼ばれようと構ってなどいられない。

これほどの極上の女体を相手に、本性を剝《む》き出しにできないようでは漢《おとこ》ではない。

迸《ほとばし》る情熱も露わに、俊作はなおも首筋に唇で吸いつきながら、女体の側面に手を伸ばし、スレンダーな女肉をやさしくなぞりはじめた。

「んんっ……。あっ、んふん……っく」

唇にあてがった人差し指が、辛うじて零れ落ちる吐息を留めているが、時折、小さく破裂しては、悩ましい喘ぎを漏らしている。

カットソーの上から、やさしく擦るだけなのに、敏感な微熟女の肌は、快美な悦びを感じ取るのだ。

「あんっ……！」

掌を腰部にまで伸ばすと、女体の反応はさらにはっきりとしたものとなった。

軽く指先が太ももに触れただけでも、悩ましい女体がくねり踊る。

「由乃は、本当に敏感なのだね。これで直接、素肌をまさぐられたらどうなるのだろうね？」

「ああん。だって、私が知っているやり方と、俊作さんのやり方は違いすぎるのですもの。こんなにゆっくりと時間をかけて触られたことありません。なのに、まだ肝心な部分は触られていないなんて……」

恥ずかしそうに顔を背けたままの割に、意外に大胆なことを言っている。

「そうだよ。まだ裸にもなっていないのに」

「そ、そうなの。まだ裸にもされていないのに、私、恥ずかしいくらいに濡れていますぅ」

赤裸々な告白を、むろん俊作は確認したくて仕方がない。ならば、まずは由乃の裸身を目にしようと、ベージュのカットソーの裾に手を伸ばした。

7

「じゃあ、そろそろ由乃を裸にしてもいいかな？」

言いながら裾を持ち上げる俊作。口調は許可を求めているが、許しを得る前から脱がしに掛かっている。

「あぁ……」

一気に裾を胸元まで持ち上げると、恥じらいの溜息が朱唇から漏れた。けれど、俊作の狼藉に由乃は抗《あらが》おうとしない。それどころかベッドから上体を持ち上げて手助けさえしてくれる。

お陰で、スムーズにカットソーは胸元を越え、ついには両手を持ち上げる由乃の頭から抜き取った。

ふぁさりとセミロングの髪が抜け落ち、繊細なガラス細工のような鎖骨の上に散らばっていく。

ピンクブラウンの毛先が、露わとなったハーフカップブラに包まれたふくらみにも掛かる。オフホワイトベースの生地に赤や青、金糸銀糸の瀟洒《しょうしゃ》な刺繍《ししゅう》が施されたブラジャーに、一段と艶めいた彩りを添えた。

(ああ、思った以上に男好きのするナイスバディだ!)

いまどき〝ナイスバディ〟は死語ながら、まさしくそう表現する以外にない。

薄手のカットソーがなくなっただけで、こうも印象が変わるものだろうか。白い肌が大きく露出したせいか、微熟女は一段と艶めいた色香を漂わせている。

ふっくらと胸元を包むブラは、恐らくCカップほどだろう。それでも十分なボリュームを感じるのは、腰の括《くび》れの深さとの対比故だろう。

しかも、その女体は、均整の取れた美しい丸みを帯びている。ムダに肉がついた印象はないが、適度な熟れを感じさせ、女性らしさが際立っているのだ。

今更ながら互いの年の差を、その肉体美でも痛感した。

俊作の迫《せ》り出し気味の腹と、シュッと引き締まった美ボディとでは、釣り合わないにもほどがある。

「次は、スカートだね」

言いながら腰の脇に付いたファスナーを引き下げ、ホックも外す。

ここでも由乃は、細腰を軽く浮かせ、スカートを脱がせる手助けをしてくれる。

途端に、露出した腰つきや太ももの悩ましいフォルムが露わとなる。網目の細かい黒のストッキングでも、熟れた張り出し具合やムチムチの充実ぶりは隠し切れない。

こうしてみると三十路ながら、由乃のボディラインに崩れは全く見られない。

美容師という立ち仕事ゆえ、足にむくみが生じたりするケースもある。だが彼女の足は、どこまでもすんなりと伸びて、非の打ちどころのない美脚ぶりだ。

「本来、僕は足フェチではないけど、それでも由乃の足を見ていると、その気持ちが判る気がする」

悩ましいまでに、たっぷりと色気がふりまかれている。ムッチリとした太ももなどは、ストッキングを通してエロフェロモンが芬々《ふんぷん》と匂うほどだ。

「ああ、そんなに見ないでください。俊作さんの視線が痛いです」

いくら恥ずかしいと訴えられても、こんなに艶めいた下半身を視姦せずにはいられない。しかも、時におんなは恥ずかしければ恥ずかしいほど肌を火照《ほて》らせるものだと、経験上、俊作は知っている。

「由乃は、すごい恥ずかしがり屋だね。そのくせ、こんなに敏感だ」

言いながら掌を太ももにあてがうと、弾かれたように女体がビクンと反応した。

「ああん。俊作さんの意地悪ぅ……」

これまでの様子では、由乃に男性経験がない訳ではなさそうだ。けれど、その反応の一つ一つに、どこか初心《うぶ》な印象を受けるため、それほどの経験もなさそうだと読み取れる。

先ほどのレストランでの会話を思い起こしながら、由乃ほどの美女でさえ恋愛経験が極端に少ないのだと実感した。

愛された経験が少ないのなら、肉体を開発された経験もほとんどなくて不思議はない。だからこそ、反応の一つ一つが初心いのだろう。

「意地悪された方が、感じるのだろう？　由乃には、マゾの気《け》があるのかもな……」

言葉で蠱毒《こどく》を吹き込みながら、丹念に美脚を隅々《すみずみ》まで撫でまわす。内ももの特にやわらかい肉に触れた瞬間、ついに「あん」っと甘い声がまともに漏れた。

「ああ、ここに由乃の性感帯があるのだね。内ももに軽く触れるだけで、ほら……」

相変わらずのフェザータッチで太ももをまさぐっていく。股座《またぐら》の付け根に指先が触れるかどうかというところで、微熟女の息遣いが荒くなった。

「ああ、いやぁ。どうしてですか？　俊作さんに触れられたところが、次々に火照ってきます。エッチな魔法みたい」

右手、左手、唇や舌、使える全ての器官を利用して、由乃のあちこちを刺激していく。リンパの流れに沿って女体側面に舌先を這わせながら、腹部や腰部、太ももやふくらはぎ、微熟女の性感帯を目覚めさせるよう麗しい女体を味わうのだ。

「ひうっ！　そんな腋の下なんて舐めないでください……。あはん、くすぐったいのに感じちゃいます……。ああ、鎖骨をしゃぶるのもダメぇ」

抗いを口にしながらも由乃が俊作を妨げることはない。恥ずかしそうに身を任せ、女体に湧《わ》き起こる性の快楽を必死に堪えるばかり。否。耐えているように見えて、その実、快美な官能を味わっている。

官能とは、愛であり情熱であり悦びである。そのことを由乃は、判っているのだ。

今この瞬間、愛されていることを、慈しまれていることを、可愛がられていることを。だからこそ、凄まじい快感と震えるほどの興奮に身を焼き尽くされ、快美な絶頂に昇り詰めるのだ。

「ほら、由乃。いっぱい感じて……。もう恥ずかしがらなくていいから。身も心も解放して、僕の愛を堪能して。愛してあげる。いっぱい由乃を愛してあげるよ」

低く囁きながら微熟女の快感を追っていく。ついに俊作は、由乃の細腰からストッキングとショーツを剝き取った。

「それにしても由乃の肌、綺麗だ。それにすごく滑らか……」

感動の声を漏らしながら、その滑らかな雪花美肌に掌を滑らせる。

瑞々《みずみず》しさと潤みに富んだ絹肌は、なぞる程度に触るだけでも俊作の掌を悦ばせてくれる。しかも透明感に富み、艶めかしくも艶光りして、触り心地ばかりでなくビジュアル的にも愉しませてくれるのだ。

「ああ。私も、由乃もです。俊作さんに触られると、とっても気持ちいいです。擦られているだけで、妖しいモヤモヤが頭の中に立ち込めて。どんどん淫らな気持ちにさせられます」

大人の余裕を見せるため、性急にせずに由乃の性感をゆっくりと探ってきた。

逸《はや》る気持ちがなくもないが、俊作は自らをコントロールする術《すべ》を知っている。何よりも、自分の年齢を考慮しなければ、体が付いていかない。けれど、情けない事情をさておいても、そろそろ次のステップに進む頃合いのようだ。

純白の肌が桜色に染まり、薄《う》っすら汗ばんできたのがその証《あか》しだ。

(もっと由乃を感じさせたい！　何度もイカせてみたい……！)

俊作の頭を占めるのは、そのことばかり。持てる技量の全てを駆使して、由乃の女体に愛される悦びを刻みたいのだ。

「さあ、もっと感じるところを……。クンニさせてもらうよ」

クンニが得意な訳ではないが、妻とのセックスでもクンニはお決まりだった。恥ずかしがられはしたものの、大抵の場合、絶頂にまで導くことができた覚えがある。

そのコツは、丁寧さと根気だ。

「クンニって……。えっ？　きゃあ！」

何をされるのか、よく判らずにいたらしい由乃。俊作は、微熟女の太ももを外側から腕を回して拘束すると、顔を無防備となった下腹部へと近づけていく。

「ああ、ダメぇっ！　そんなに顔を近づけないでください」

「それはムリかな。今から由乃のおま×こをナメナメしたり、食べちゃったりするのだから‼」

「そんなのダメです。由乃は、シャワーも浴びていないのに……俊作さん、それは許して！」

いくら由乃が許しを乞うても、聞き入れる訳にはいかない。彼女もそれを判っているからこそ、相変わらず受け身のまま、逃れようと暴れることもない。それでいて、ぶるぶると太ももが慄《わなな》いている。愛らしい爪先がベッドの上でギュッと折り曲がった。どうしようもなく募る恥じらいを懸命に堪《こら》えているのだ。

（なんて、このおんなは可愛いんだ！）

感動の念さえ抱きながら俊作は、改めて由乃の女陰に顔を近づけた。

老眼が進み、ぼんやりとしか見えていなかった秘密の花園の全容がようやく鮮明に輪郭を成した。

「おおっ！　これが由乃のおま×こ。使い込まれた様子もなく生娘のようだ。なのに、やはり男を知っているのだね。こんなにもの欲しそうに濡れている」

俊作が思わず感嘆するのもムリはない。それほど由乃の女陰は、新鮮味と美しさに充《み》ちていて、とても三十路の道具には見えない。

楚々とした印象は、わずかにはみ出した肉花びらの様子もあったが、合わせ鏡のように左右対称に整っていることも、その一因だろう。それでいて、その薄紅の粘膜は、溢れんばかりの蜜液に覆い尽くされてヌメり輝き、ひどく淫靡《いんび》なのだ。

「いやです。そんなにしげしげと見ないでください。舐めたいのなら早く舐めて！」

熱い視線に耐え切れず、いっそ舐められてしまう方がラクに思えたのだろう。

その言葉が、自らの発情を煽ったのかもしれない。ふいに由乃の膣肉が蠢《うごめ》いた。ヒクヒクと花びらが震えたかと思うと、肉壁が淫らに収縮をはじめ、さらなる蜜を吹き出させている。あたり一帯に濃密な発情臭が香り立つばかりか、溢れ出した汁がツーっと糸を引いて、蟻《あり》の門渡《とわた》りにまで滴《したた》り落ちる。

「ああ、こんなにお汁を垂《た》らして、ムダにするのはもったいない！」

俊作は下唇を突き出して受け口にすると、会陰《えいん》に滴るトロトロの淫蜜を啜り、自らの口腔に運んだ。

甘酸っぱくも塩辛い愛液は、濃い粘り気を含んでいる。それは俊作にとっての精力剤であり、わずかな量でも胃の腑に落ちれば、たちどころにカアッと全身に活力が漲《みなぎ》った。

顔を上げた俊作がぺろりと舌なめずりするその様子を、由乃は羞恥に頬を染めながらも官能に潤んだ瞳でじっと見つめている。

「由乃の蜜は、とても美味い。それにとても精がつく。もっと飲ませてもらうよ」

言うが早いか俊作は、べーっと舌を伸ばし、ムッチリとした太ももを両腕に抱え込み、べったりと唇を女陰に張りつかせた。淫熱を孕《はら》んだ亀裂に沿って、ぞぞぞっと舐めあげる。ヌルリとした蜜汁が舌にまとわりついた。

「ひっ！　あ、あうぅぅぅっ‼」

いっぱいに舌を伸ばし、唇をもぐつかせながら、ねっとりと女陰を覆い尽くす。

「美味い……由乃のエキス……。どんどん濃厚になっていく！」

舌先で、花びらに伸びる無数の皺《しわ》をなぞっていく。

小刻みに腰をよじり、お尻を左右に揺すらせる微熟女は、もはや一刻たりともじっとしていられない様子で、悩殺的なよがり声をあられもなく部屋に響かせる。

「あっ、あっ、あぁ、あん……。か、感じちゃう……あぁ、ダメですっ。気持ちよすぎて、おかしくなってしまいます！　あっ、あぁんんっ。俊作さぁんっ！」

次から次へと蜜液が膣奥から溢れ出る。由乃は、濡れやすい質《たち》なのだろう。これまでとは比べ物にならない鋭い喜悦に、反射的に微熟女の腰が引かれ、唇から逃れようとする動きを見せた。

けれど、しっかりと俊作は太ももを抱え込んでいるため、張り付かせた唇が離れることはない。

「んふぅっ、んぁん……。むぬんっ、っく……。んあっ、あっ、あぁんっ！」

再び由乃は人差し指を咥《くわ》えたようだが、蜜液同様、溢れ出す艶声を遮《さえぎ》り切れない。

甘い啼き声に俊作は心躍らせながら、媚肉《びにく》に唇を貼りつけたまま小刻みに顔を揺らせる。蜜液に覆われた花びらに唇粘膜を擦りつけ、淫靡な水音を立てさせた。

女体の震えは徐々に大きな反応となり、ついには背筋を撓《たわ》め、軽い絶頂をきたしているようだ。滑らかな絹肌のあちこちに、ぷつぷつと鳥肌を立たせているのも、本格的な絶頂が近づいているサインだろう。

「クンニされるのが、気持ちいいのだね？　どんなに恥ずかしくても由乃のカラダは正直に反応している」

「ああん、だって俊作さんが、上手すぎるから……。んんっ……こ、こんなに感じてしまうのは俊作さんのせいです。あぁんっ、凄過ぎる……ダメになってしまいそう……。淫らで恥ずかしいのに、由乃、こんなに感じて……」

由乃は無自覚のうちに相手を褒める。励ますことも上手い。お陰で、俊作はさらに老獪《ろうかい》な手練手管を披露《ひろう》したくなる。

「感じやすいことを厭《いと》う必要はない。いま由乃は、僕の愛情を全身で感じているのだから。むしろ感度のよさは誇るべきだよ」

言い聞かせるように蠱毒を吐く。これほど饒舌《じょうぜつ》に甘く囁くのは、いつ以来だろう。

「さあ、もっと感じさせてあげる。僕の愛情をいっぱい感じながら、奔放に甘い啼き声を晒《さら》しておくれ」

込み上げる劣情と共に、俊作は舌先をすぼめ肉孔にめり込ませた。

つぶつぶした肉壁の舌触り。密生した襞《ひだ》の一つ一つを舌先でかき分けて、彼女の性神経を舐め啜るのだ。

「ああっ、ウソっ！　俊作さんの舌が……。あっ、ああん、どうしよう。膣中《なか》まで舐められるなんて」

長く分厚い舌をずずずっと膣孔にめり込ませ、レロレロと蠢かせる。

びくびくんと派手に背筋を震わせ、狼狽《ろうばい》したように美貌を振りながらも艶めかしい喘ぎを漏らす微熟女。ほとんどすすり啼くようにして悦楽に痺れている。

「ほうううっ！　こ、こんなに恥ずかしいのに、でもあぁっ、気持ちいいっ……。ああん、どうしたらいいの？　もっと、して欲しくなります。恥ずかしいのに、もっとして欲しいですっ……あ、ああンッ！」

ついに、あられもなくおんなを蕩かす由乃の嬌態に、俊作は心躍らせた。もう、あと一押しもすれば、彼女は昇り詰めてしまいそうなのだ。

はしたなくもさらに美脚を大きく広げ、媚尻《びじり》を左右に蠢かせて身悶える由乃に、俊作は息を継ぐことも忘れ、その女陰を舐めしゃぶった。

顔を小刻みに振動させ、押し付けた唇を執拗に擦りつける。挿入させた舌をマドラーのようにして膣中で攪拌《かくはん》させる。

「もうイクのだろう？　その証拠に、ほらここがっ！」

尋ねながら俊作は、自らの中指をちゅぱっと舐めてから、その湿《しめ》った指の腹でちょんと〝その証拠〟を軽く小突いた。

「ひううぅっ！」

他愛もなく、悩ましい悲鳴を上げる微熟女。俊作が小突いたのは、肉のあわせ目にある由乃の淫核だった。

敏感なその器官が、由乃自身でも無自覚のままムクムクとそそり勃ち、「ここも触って」と主張しているのだ。

「ほらクリトリスが、こんなに充血している。もっと気持ちよくなってイッてしまいたい証拠だろう？」

「あぁ、そこはダメです。いまそこをされたら由乃は恥をかいてしまいます」

ダメとの訴えとは裏腹に、〝して欲しい〟のが彼女の本音だ。俊作は、老獪《ろうかい》に由乃の内心を読み取り、ツンと頭を持ち上げる肉芽に狙いを定めた。

ちょんと指先で嬲《なぶ》り、その包皮をやさしく剥いてから舌腹でコロコロと転がしてやると、期待以上にあられもない反応が返ってきた。

「ひやぁっ、あぁ、ダメですぅぅっ！　あっ、あっ、ああああぁぁぁ～～っ！」

もはや憚《はばか》る余裕もなく、本気の喘ぎを漏らす微熟女に、なおも舌先で舐め転がしながら、そのまま無防備な膣孔に指を挿し入れる。

入り口の花弁を掻《か》き分け、濡れ具合を確かめつつ、ゆっくりと中指を埋めていく。

舌先で感じていた以上に狭隘《きょうあい》な肉孔には、やわらかな襞が無数に密生している。若いだけあって膣内《ちつない》の体温も高い。

（ここに挿入したら、さぞかし気持ちよかろう……）

その瞬間を夢想しながら俊作は、めしべの周囲を舌でこね廻し、同時に中指で膣肉をくちゅくちゅとかき回す。

「あはぁ、ん、んんんんんんっ！　俊作さん、ダメですっ、指を挿入《い》れたりしちゃいやぁぁぁぁぁ～っ‼」

ぶるぶるぶるっと太ももが震え、婀娜《あだ》っぽい腰つきが高く掲げられたり、ガクンと落ちたりと、派手な反応を見せる。

ここぞとばかりに俊作は、再び女陰全体を唇で覆い、肺活量いっぱいにぢゅちゅるるるっと吸いつけた。

「ひやあぁぁっ！　あぁ、いま、吸われたら……あうぅっ、ぉおぉっ……ダメです……。もう、ダメっ！　許して……。許してください……由乃、イッちゃいそうです」

兆《きざ》していることを自ら認める由乃に、俊作の脳髄が蕩けた。

見境を失くし、ただひたすら微熟女のイキ様を見たくて、ずずずっと淫裂を吸い上げる。

「はあああああぁっ、本当にもうダメです。俊作さん。ねえ、俊作さぁぁ〜ん！」

追いつめられ、身《み》を捩《よじ》り啼き叫ぶ由乃。俊作は恍惚《こうこつ》の表情で、その愛蜜を舐め取り続ける。

指先では肉芽を捉え、尖り切った快楽の源泉をクニクニと刺激しつづけている。舌先は花びらをしゃぶり、膣肉を舐めすする。それに応えるように由乃の細腰は淫らに悶える。はしたなくも淫靡な肉悦のダンスを踊り狂うのだ。

「ああ、イキます！　もうイッちゃうっ。イク、イク、イクぅっ！」

膣奥から飛沫《しぶき》を飛ばし、どっと本気汁が吹き零れる。

絶頂に打ち上げられた女体が、ぶるぶるぶると瘧《おこり》のように震えた。

間欠泉《かんけつせん》のように噴き上げる愛液が、しぶきとなって俊作の顔に降り注ぐ。

「あああああああああああああああぁぁぁぁぁ～～……っ！」

ぶるぶるぶるっと派手に背筋を震わせながら甲高く由乃がすすり啼いた。

ぶっしゅううーっと噴出した多量の潮液を俊作は、忙しく舌先でぴちゃぴちゃっと口腔内に運ぶ。

愛液とも異なる透明な汁は、海のような塩辛さ。それをごくごくと嚥下《えんげ》すると、五臓六腑がカアッと熱くなった。

8

「由乃は、イキ貌《がお》も綺麗なんだね……」

極めたばかりの絶頂に胸元を激しく上下させている由乃。その美貌を真っ直ぐに見つめ俊作は真顔で囁いた。

「いやぁん。イキ貌なんて褒められても恥ずかしいばかりです」

少し拗《す》ねたような甘えた口調で俊作を見つめ返す、その瞳はトロトロに潤み蕩け、ひどく色っぽい。

「恥ずかしがることないさ。本当に綺麗だよ。お陰で、すっかり本気になったよ。だからこそ、由乃に心から僕のち×ぽを欲しいと思わせたいんだ！」

我ながら不器用な告白だ。これでは熱く滾《たぎ》る想いがどこまで伝わるか危うい。

それでも由乃は頬をポッと上気させている。彼女の心臓が、どきどきと鼓動を早めるのが聞こえる気がした。

「ダメです。そんな告白されてしまうと、由乃だって本気でときめいてしまいます。俊作さんに恋してもいいのですか？」

うれしい彼女の応えに、俊作の昂りも頂点に達した。大急ぎで、身に着けている服を脱ぎ捨てる。

緩んだ己の肉体を幾分恥じながら美麗な女体に覆いかぶさり、改めて朱唇を掠め取った。

途端に、女体がぶるぶるっと震え出す。愛されていると知った脳が、再び初期絶頂を由乃に与えたのだろう。

「ああ、由乃は、本当に愛されているのですね……。愛されるって、こんなにしあわせなことなのですね」

満ち足りた悦びが、美しい瞳の奥で燃えている。そんな由乃の多幸感を分かち合いたくて、俊作は熱烈な口づけを繰り返す。

「そうだよ。由乃が好きだよ。とても愛している」

熱烈な口づけと囁きに、腕の中で由乃が蕩けていくのを実感した。

「そろそろ挿《い》入れてもいい？」

「あん。こんなにいっぱいイっているのですから同意など得なくても……。ああ、でも、そうですね。ください。俊作さんのおち×ちん、由乃に挿《い》入れてください」

はっきりと言葉にしてくれるのは、先ほどの会話の影響もあるのだろう。

ときめく乙女そのものの微熟女の背筋に手を回し、俊作はシーツの上でもぞもぞと手を蠢かせる。何をされるのかと考える間も与えずに、背筋のブラジャーのホックを外してしまう。細い女体に巻き付いていたバックベルトが一気に撓んだ。

「由乃のおっぱいも見せてもらうよ」

囁く俊作に、微熟女はわずかに表情を強張らせた。既に、クンニまで許しているのだから乳房を見せるくらいと思うものの、それでもやはり恥ずかしいのだろう。

緊張する由乃を他所《よそ》に、俊作はやさしくバストトップを覆うブラカップを外した。

「おぉっ。きれいなおっぱい……!」

眩《まばゆ》いばかりの美しさとは、正しくこのこと。上品な双《そう》のふくらみが、惜しげもなくその全容を晒したのだ。

大きいと感じさせるのは、その腰部が鋭角に括れているからで、実際はグレープフルーツ大といったところだろうか。見立てた通りCカップで間違いないだろう。

歪《ゆが》みひとつない丸い艶やかなフォルムが、何とも言えぬ気品と儚《はかな》さを感じさせる。

それは抜けるような乳肌の白さと、驚くほど可憐な乳首の存在も手伝っている。

「乳輪の色がとても薄い……。乳首まで綺麗だね由乃」

小さな乳輪はエンジェルピンクに淡く萌《も》え、白皙《はくせき》とのコントラストがとても鮮やかだ。

「なんだか神々しくて拝みたくなる。ありがたや、ありがたや」

「ああん、もう。俊作さんったら。そんなに拝んでも、ご利益なんてありません」

クスクスと笑う由乃に合わせ、純白の乳房がやわらかく揺れる。

(何人もおんなの裸は見てきたけれど、感動させられるほど美しいなんて……)

ただでさえ疼いていた肉塊が、ついに天を突くように反《そ》り返《かえ》った。鈴口から先走り汁を滲ませながら、大きな肉根を活気づかせる。

その雄々しい肉棒を由乃がチラ見している。

「年甲斐もなく、お恥ずかしい。でも、これは由乃があまりに魅力的だから……。にしても、正直、セックスは久しぶりだから、どれだけこいつがもつか……」

正直に不安を口にすると、由乃がやわらかく微笑んで、ゆっくりと両手を拡げた。そして小声で、「挿入《い》れてください」とねだるのだ。

「うん。そうしよう。由乃を抱きたい！　でも、そうだ。すまない。避妊具を用意することを忘れていた」

事ここに至り、その事を失念していたことに気がついた。彼女と結ばれることに浮かれる余り、思いが至らなかったのだ。

「それは大丈夫《だいじょうぶ》です。安全な日ですから、膣中《なか》に射精《だ》しても……」

目元まで赤くして由乃が中出しを許してくれた。

その甘い言葉で、俊作の理性のタガが完全にはじけ飛んだ。

「由乃ぉ〜っ！」

まるでやりたい盛りの思春期にでも回春したかのように、微熟女の太ももの空間に位置を占める。

「俊作さんは、いけない人。とっくに由乃は、心まで攫《さら》われて……。ねえ、早く、そのおち×ちんで、由乃を愛してください。早く由乃を俊作さんのおんなに……」

腰高の美脚を両脇に抱え、俊作は縦渠《たてみぞ》に矛先《ほこさき》を突き立てた。

ついに由乃とひとつになる。期待と興奮に胸を湧き立たせながら、ぎゅっと瞼を閉じた美貌をうっとりと眺める。

(ああ、なんて貌をするんだ。由乃は男に抱かれる時、こんな表情をするのか……！)

自分が酷く興奮していると自覚しながらも、これも年の功なのか、どこか客観的に観察しながらことを進める。けれど由乃の貌が歪むにつれ、残されていた理性はみるみる霧散していった。

「由乃……っ！　好きだ。愛してるっ！」

鈴口が狭い膣口を押し開き、ぬぷんと亀頭部がくぐると、反しの効いたエラ首がしっかりと抜け落ちぬように侵入口の裏側を咬《か》む。

「んっく……あぁ、俊作さんが挿入《はい》って……。由乃の膣中《なか》に……ううっ、熱くて大きいのが挿入《はい》ってきます……っ！」

ゆっくりとした速度で由乃のカラダを貫《つらぬ》いていく。

指先で知覚した以上に狭隘な肉畔《にくあぜ》を抉《えぐ》り、窄《すぼ》まる肉管を拡張しながらずずずずっと押し込んでいく。

それも、可能な限り微熟女の性感を開発するよう意識しながら、亀頭エラやゴツゴツした肉幹で、媚肉のあちこちをしこたま擦り、奥を目指す。

「ううぅっ。んんん……。お、大きいです。あぁ、俊作さんのおおきいいぃ～っ！」

慎重にミリ単位の挿入を心掛け、たっぷりと肉棒の存在感を味わわせ、勃起《ぼっき》の容《かたち》を覚え込ませていく。同時に、極力、由乃に負担をかけないように気遣うから余計にそういう挿入となる。余禄として、俊作も蜜壺を隅々まで知ることができた。

「凄いぞ。由乃のおま×こ、素晴らしく具合がいい！」

新鮮な媚肉は、しっかりと熟れていながらも狭隘さと柔軟性に富んでいる。しかも、スレンダーな由乃の肉体にそぐわぬほど、そこだけが肉厚な印象なのだ。

指先でも確認したイソギンチャクの触手にも似た肉襞が、膣孔いっぱいに密生して、肉幹にまとわりついては、舐めまわすように蠢いている。

「由乃は、自分の道具がどれほどの名器なのか自覚している？」

俊作の問いかけに、目を瞑ったまま由乃が左右に首を振る。

「やはり無自覚か……。まあ、こんなに凄い名器だと、男にとっては大当たりでも、由乃自身にとってはどうだろうね」

そう思ってしまうほどの超絶名器。根元と中ほど、さらにはカリ首のあたりを同時に締め付ける三段締めの蜜壺なのだ。

それも、由乃ほどの美貌の持ち主が、凄まじい極上女陰まで備え持っているのだから、男が長らく膣中に留まっていられるはずがない。

よほどの忍耐がない限り、女体を開発する余裕もなく射精に追い込まれてしまう。特に、経験の浅い若い男であれば、挿入した途端、自分勝手に暴走して果てていくのではあるまいか。

由乃の悲劇はそこにある。

老獪な俊作でも、暫し挿入を中断して、湧き上がる愉悦をやり過ごさなくては、たちどころに果ててしまいそうなほどの具合のよさなのだ。

「おお、すごいぞ由乃！　ち×ぽのあちこちを小さな唇にキスされている！」

興奮気味に、その感想を漏らすと、美貌を左右に振って由乃が恥じらう。いくら名器と褒められても、羞恥ばかりが先立つのだろう。

けれど、俊作の興奮は、少なからず由乃にも伝播したらしい。その頬の上気は羞恥によるものばかりではないようだ。

「ああ、熱いです。俊作さんのおち×ちん、熱い。それにこんなに拡げられて……あぁ、なのにどうしよう。カラダの奥から火照ってきます！」

異物に内側から拡張され、さらには灼熱に膣孔を焼かれ、由乃は狼狽《うろた》えるように喘いでいる。律動を加えずとも、それ相応の快感が女体に押し寄せているのだ。

「火照ってきたのは、いいことだね。より肌が敏感になるはず……」

言いながら俊作は、なおもミリ単位で肉棒を奥へと進ませる。

しっかりと女陰に肉棒を馴染ませながら、容《かたち》や熱さを覚え込ませ、なおもゆっくりと挿入していく。もしかすると彼女には、永遠に続くかと思われたかもしれない。

「あうっ、んっく……んふぅっ！」

ぬぷぬぷぬぷっと膣の最奥にまで亀頭をめり込ませると、こつんと切っ先に何かがぶつかる手応え。

「きゃっ！　つくううぅぅぅんんっ!!」

女性らしいソプラノが、さらに甲高い悲鳴を上げて、ぶるぶるっと女体が震えた。

既にクンニで絶頂を迎えている女体だから、埋め込むだけでも軽い絶頂が起きるかと期待していた。その通りの反応が、起きたようだ。

しかも、その漣《さざなみ》は二波、三波と次々に押し寄せるため、その度にビクンビクンと小刻みに女体を震わせるのだ。

「思った以上に、由乃のカラダは熟れているのだね。挿入だけで膣イキできるなんて、熟れているからだよ」

由乃自身でさえ気づいていないことを指摘して俊作は悦に入った。

9

「ううっ、はぁ……んんっ」

なおも、ぶるぶると四肢を慄《わなな》かせている微熟女に、俊作はその掌で、迫《せ》り上げられたふくらみを捏《こ》ね上げるように揉《も》みあげた。

(おお、ち×ぽで感じるこの感触、何年ぶりだろう。おま×こに挿《い》入れるのは、こんなに気持ち良かったか……?)

みっしりと根元まで埋め込んで、いつ以来の挿入であったのかと感慨にふける。

自らを律し、時間をかけて埋め込んだが、そのあまりの具合のよさにすぐにでも律動を開始したい衝動に駆られていた。

けれど、一度抜き挿しをはじめると、あっという間に余命を使い果たしてしまいそうなのだ。

若い時分であれば、射精してもすぐに復活して、二回戦を行える自信も体力もあった。けれど、正直、この歳になってそれが可能かは危うい。ならば、やせ我慢にやせ我慢を重ねてでも、できうる限り射精を堪え、由乃との貴重な時間を少しでも長く保たせたい。

これほど年の離れた俊作に、由乃は身を任せてくれたのだ。その見返りに、とにかく由乃には、おんなの悦びをたっぷりと味わわせてあげたい。

その一念があるからこそ、「動くのは、まだ早い」と自らを厳しく律した。

けれど、由乃の乳房に触れてしまった途端、その抑制《よくせい》が揺らいでしまう。焦《じ》らすつもりでそこに触れずにきたのだが、焦れていたのは俊作も同じであったらしい。

その蕩けるような触り心地に、脳髄がわななくような悦びを感じたのだ。

「由乃のおっぱい、ふわっふわ!! 指がおっぱいの中に入り込んでしまいそうで怖いくらいだ。なのに、この弾むような揉み心地。由乃はおっぱいまで極上なのだね」

言葉にするとさらに興奮がいや増し、危険な乳房への執着を生む。嬉々として俊作は乳房を捏ねまわしながら、乳首に指を当て、こりこりと刺激した。

「すべすべして、ふわふわで……抜群の揉み心地！　おっぱいを揉んでいるだけでこんなに興奮させられるなんて！」

肉房を揉み潰すたび、物欲しげに膨らんだ乳頭が、「ここも触って」と主張して左右に首を振る。

「おおっ。乳首がいやらしくそそり勃ってきた。あんなに慎ましやかだったのに、いまはこんなに！」

ここぞとばかりに大きく口を開け、乳首を口に含むと、いやらしい舌使いで転がしていく。愛らしいピンクの蕾が、さらにムクムクと尖りを帯びる。

「あ、あはぁ……。そんなに乳首、舐めないでください……。そこ、感じやすいの……。あ、あああぁ、はあぁぁぁん！」

片方を舐め啜っては、もう一方に唇を飛ばし、ちゅっぱちゅっぱと吸い付ける。

そんなはずはないのだが、その先端から甘い乳汁が零れ落ちそうだ。

「ん、んふ……。ダメです。由乃のあちこちが、敏感になっていて、どこをどうされても〝気持ちいい〟が、いっぱいです……。あん、あああぁん！」

もはや、声を遮る余裕もなく、由乃は甘い喘ぎを漏らしている。

初期絶頂に敏感となった女体。それも弱点らしい乳首を責められ、さしもの恥ずかしがり屋もうっとりと官能に蕩けている。

「くひ……っ‼」

ついには甲高い悲鳴を上げて仰《の》け反《ぞ》る由乃。またしても軽くイッたらしい。あからさまな反応にも俊作は、休むことなく乳首を舐め転がしては、さらに性感を追っていく。

「あっ、イッ……クっ……。また、恥を……あはあああぁ～～っ！」

乳首から湧き上がる漣のような快感が、短い波長の絶頂を呼ぶのだろう。パチパチと小さなアクメの粒が、いくつも女体の中ではじけているのだ。

けれど、連続する漣の先には、とてつもなく大きな絶頂が待っていることを微熟女も肉の狭間で予感しているはず。

「またイッているのか？　由乃があんまり悩ましい姿を晒すから、我慢できなくなってきた。そろそろ、動かすぞ。今度はチ×ポでいっぱいイカせてやる！」

「ああ、動かしてください……。由乃、それが欲しかったのです。俊作さんのおち×ちんでイキたいっ！」

由乃は素直に内心を明かしてくれた。その言葉こそ俊作が望んだものだ。にっこりと微笑んで頷き、俊作は宣言した。

「動かすと、恐らく長くは保たない。だから、由乃も自分から腰を動かして欲しい。一緒にイクために」

言いながら俊作は、膣奥に留めていた肉棒をついに退かせた。

「あぁ、引き抜かれる感覚が切ない……。あっ、あぁ、おま×こを持っていかれそうですっ！」

返しの効いた肉えらに、しこたまかき毟《むし》られ、膣肉を裏返しにされるような危うい感覚を味わったのだろう。その危うい感覚が、女体をさらに凄まじい官能の痺れに追い込むのだ。

「さあ、引き抜いたら今度は、また埋め戻すぞ」

膣口ギリギリまで退かせた肉棒をまたしても埋め戻す。

しかも今度の突き入れは、先ほどのようなスローテンポのモノではない。すっかり俊作の肉棒を覚え込ませてあるから、外連味《けれんみ》のない埋め戻しでも、容易《たやす》く受け止めてくれる。

迫り出した腹を突き出すようにして腰を打ち付けるたび、由乃の容《かたち》の良い美乳がふるんッと悩ましく上下した。

「あっ、ああああああぁ……。イキそぅっ。また、イってしまいそう……。ああ、いやぁん、そこに擦らないでください……あっ、あぁ、ダメっ、捏ねちゃいやぁっ！……あはあぁ、ダメなのにいいっ！」

小刻みに浅瀬に擦りつけては、ぢゅぶぢゅぶっと奥に埋め戻し、刹那に腰を切り返しては、ずるるるるんっと抜きにかかる。

エラ首の返しが辛うじて膣口を咬み、抜け落ちることはない。一転して、鋭く腰を突きだして、ズンと重々しく女体を串刺しにする。

「あぁあああああっ……。くふぅっ、っくぅぅ、ぅっくぅぅ……」

由乃は悩ましい艶声を爪弾《つまび》かせ、雄々しい肉槍を受け止める。

女体に甘く揺蕩《たゆと》うていた官能が破裂して、立て続けに絶頂の波に浚《さら》われていく。

肉体はおろか心まで快美と悦楽を甘受する器官にして、女体の全てが性器と化したように喘ぎまくる。

「愛してるよ。由乃。心から愛してる……。こうして由乃の子宮にち×ぽを抜き挿しさせるのは最高にしあわせだ」

甘く愛を囁きながら荒腰で円を描くと、おんなの腹がビクビクっと短い痙攣《けいれん》を繰り返す。

「由乃もです。由乃も俊作さんが好き！　愛しています！」

自発的に囁いた瞬間、由乃の女体がブルブルブルッと震えた。多幸感に包まれたのだろう。おんなの悦びに満ち足りているのだ。

「ありがとう由乃。さあ、そろそろ限界が来たようだ。由乃のおま×こに射精《だ》させてもらうよ」

「ああ、うれしい！　俊作さんの精子で由乃をイキ狂わせてください！」

微熟女のふしだらなおねだりに俊作は満足しながら、硬く膨張した亀頭を膣襞に何度も擦り付ける。

膣奥から湧き出す本気汁が撹拌されて白く泡立ち、びちゃっとシーツに飛び散る。発情しきった牝《めす》の匂いがスイートルームに充溢し、牡獣《おすじゅう》の肉欲を苛烈《かれつ》に焚《た》きつけた。

「望み通り、たっぷりとイカせてあげるよ！」

囁きながら俊作は、由乃の膣奥で分身を捏ねまわしながら、乳房の谷間に顔を埋める。窄めた唇に乳首を捉えると幼子の吸啜反射の如く、淫らに膨れあがった乳頭を吸い付けた。

「うふぅンッ！」

しゃくりあげるような喘ぎと共に、由乃が激しく頭を振る。

口腔の熱さに、乳房と子宮が蕩けだしてしまいそうな歓びが全身に拡がったのだ。

「あはあぁぁ〜〜っ！」

甲高い獣じみた声で啼く由乃に、ついに本気のストロークを繰り出した。

肉壺を掘り起こす小刻みな微動から大きなピストンへと変化させたのだ。

「あっ、あっ、あぁ……素敵です！　本気の俊作さんは、こんなに力強くおんなのカラダを揺さぶるのですね」

己が歳を忘れ、情欲に充ちた獣の如き腰遣いで、あっという間に由乃を絶頂へと導いていく。

ずんっと深く突いた瞬間、子宮がぶるりと震えるのが判った。

「イクっ……ああ、イクぅ～～っ！　素敵、イクって、こんなにしあわせっ！」

凶暴で鮮烈な喜悦に四肢を粉みじんに砕かれ由乃が啼きじゃくる。

しかし、彼女の絶頂が、この性交の終わりではない。

頂点を極めた女体になおも俊作は、激しい抜き挿しを二度三度と繰り返す。

たちまち次の絶頂に牝獣が襲われた。

「あんっ。ま、待ってください……。ダ、ダメぇっ……由乃、イッています……あん、あっ、あぁっ……切ない……イってるおま×こ突いちゃいやぁ……」

微熟女が激しく深い絶頂に見舞われている最中も、俊作は容赦なく三回、四回と大きくストロークを打ち込む。そのたびに由乃は、ドクンッ、ドクンッと熱い雫《しずく》の奔流を迸らせ、絶頂へと押し上げられている。

通り一遍の抽送《ちゆうそう》に飽き足らず、俊作は変化をつけようと、ポルチオを捏ねくりまわすように腰を捻《ひね》る。

肉棒を膣洞で暴れさせ、返し針になったカリ首で、執拗に膣壁を引っ掻きまわすのだ。

「まだイケるかな。もっと深い悦びを味わえるはずだ。ほら、まだイキ足りないって、痛いほどち×ぽを締め付けている！」

前屈みにべろべろと乳房を舐めしゃぶりながら俊作は腰だけをゆっくりと引いていく。

また突き入れが来る。その予感に由乃が、慄きながらも期待に下腹部を甘く痺れさせている。

とめどない欲求と噴き上げる歓喜の渦に、美貌を苦悶にも似た表情に崩れさせ、セミロングの髪をおどろに左右に振り乱している。

「あううぅっ、はううぅっ」

高熱に浮かされているように、苦しげに呼吸を繰り返す牝獣が、老牡《ろうおす》を潤んだ瞳で見つめている。

間近にある俊作の貌。唇と唇の間は5センチもない。由乃は自ら頭を持ち上げて朱唇を近づけた。

それを待ち受けていた俊作は、ぽってりとした唇にむしゃぶりついた。微熟女の舌を吸い付け、ねっとりと絡めあう。

「ふむん。ぬふん。ふむむっ」

由乃はふしだらな呻《うめ》きと共に、俊作の首筋に腕を回し絡み付ける。

これまでに交わした口づけのどれよりも情熱的であり烈《はげ》しいキス。舌と舌を貪りあい、バターのように蕩け、混ざり合う。

俊作は思う存分、由乃のチェリーピンクの唇を舐め、凌辱《りょうじょく》した。粘っこく舌を歯列に這いずりまわし、またしても由乃の舌に絡める。互いの唾液《だえき》を交換しながら、肉体の境界を曖昧にさせていく。

「むぐッ、うッ……ほおん、むぐぐッ……」

永遠にさえ感じられる長く甘美な瞬間に心まで浸《ひた》りながら、ストロークの再開を今か今かと待ち望む由乃。俊作もじりじりと焦れ、我慢しきれずにまたしても分身を抜き挿しさせる。

「ぶほおぉぉ……。堪らないよ由乃。なんて甘くてぷるぷるとした唇なんだ」

たっぷりと朱唇を貪った俊作は、若いおんなのエナジーを吸収し、肉棒に力がグングンと漲るのを感じた。

鋭気を養った俊作は微熟女の腰に十本の指をめり込ませ、腰を大きくグラインドさせる。

微熟女から供給された欲情を燃料に肉機関と化し、何度も腰を打ちつける。

両手で乳房を弄《もてあそ》び、凄まじい合一感に苛《さいな》まれながら、脳のシナプスが焼き切れるほどの多幸感に包まれていく。

「くおおぉぉっ……。い、いいぞ。由乃、最高だっ！」

ピンクブラウンに染めた髪をおどろに振り乱す由乃。俊作の打ち付けに合わせ、蜂腰を淫らに踊らせ、膣襞をざわめかせて肉茎を揉む。

「あッ、あッ、あッ、ああんッ」

俊作の眼前で上下する由乃の眼が潤み蕩け、瞳孔が開く。扇情的な眼差しに、俊作の下腹で雄の種付け本能が沸騰《ふっとう》している。

「と、溶ける。ち×ぽが溶け落ちるッ！　もうダメだ。射精《で》るぞ。射精《で》るっ！」

ついに終りを告げた。我慢の上に重ねたやせ我慢が制御を失っている。

もはや、全ての手練手管を忘れ俊作は、忙《せわ》しなく腰を使いはじめた。

肉棒を膣口から最奥にまで余すところなく擦りつけ、烈しい抽送を繰り返す。

「は、激しい……そんなに激しく突かれたら、子宮が、し、子宮が痺れちゃうぅううッ‼　ああ、イク！　由乃、またイクッ！　イックうううぅぅ〜〜っ‼」

凄まじい歓喜のうねりに四肢を貫かれた由乃が、啼き啜りながらイキ貌を大きく左右に揺すった。

だが、牝獣もされているだけではない。媚尻を浮き上がらせ、艶腰をくねくねとのたうたせ、俊作を搾《しぼ》り取《と》るように膣中をヌチュヌチュと蠢かせている。

「ぐわあぁっ。射精《で》るッ、射精《で》るぅぅうっ！」

俊作は由乃の美体を思い切り抱きしめながら最速の怒張をズドンと打ちこむや、蜜壺の最奥で埋め尽くした肉塊を爆裂させ、数年ぶりに中出しを果たした。

びゅびゅっ、びゅびゅびゅびゅびゅっ！　っと、凄まじくも派手に吐精をする。

「あああ……ああ……」

瞬時に由乃が意識を飛ばした。躰中を灼《や》き尽くすような巨大なエクスタシーに打ち上げられたのだ。

蜂腰から臀部にかけてが激しく痙攣し、失禁したかのように蜜が溢れ出して、夥《おびただ》しい精液とグチャグチャになりながら噴水のようにしぶいていく。

「ああ、由乃、イクのが止まりませんんんっ！」

白い喉を晒すようにして女体をグッと仰け反らせ、その動きを止めている。

凄まじい高さにまで打ち上げられた分、空白の時間も長い。

純ピンクに染まった美しいアーチがようやく解け、ドスンと腰がベッドに落ちた。途端に、ドッと汗を噴き上げ、美しい肉体がぴくぴくとヒクつく。

薄紅乳色の余韻に包まれながら由乃は浮かされたように、「こ、こんなに凄いなんて……」と呟きながら恍惚に酔い痴れていた。

第二章　可憐に果てる美人保育士

1

「ああん、そこ、そこぉ……。すっかり、由乃は淫らな悦びを覚えてしまいました。……はああ、ああ……お、奥の方もGスポットも、俊作さんのおち×ぽに擦られたくて疼いていています」

艶めかしく告白する由乃に、俊作は自らの切っ先が正しくおんなを悦ばせるスイッチにあたっていると確認できる。

「ここだね、由乃。ここが一番お気に入りなのだね？」

ズズっと腰を引き、微妙に浮かせるようにして肉棒の入射角を変える。ピンポイントで膣の浅瀬を擦った。否《いな》、擦らせているのは俊作ではない。ただポイントにあてがうだけで、小刻みに細腰を揺すらせるのは由乃の方だ。

「ああ、いい……。そこなの、そこがいいのぉ……。でも、また由乃は、浅ましい姿を俊作さんに晒していますね……。こんなに淫らな腰遣いを……うぅっ！」

苦しげに喘いでいるようにも映るが、その実、由乃は甘い性悦に酔い痴れている。

俊作の首筋に腕を巻きつけ、蜂腰を浮かせては悩ましい啼き声を漏らすのだ。

「悪いのは俊作さんですよ。あううっ。由乃にこんなふしだらな真似ばかりさせて……。あっ、あっ、あぁん……お漏らししてしまいそう……」

ともすると粗相してしまいそうなほどの気持ちよさに、身も世もなく微熟女が泣き叫んでいる。

こうして由乃の美しい女体を抱くようになり、ひと月が経とうとしている。

はじめての夜はホテルのスイートで過ごした二人も、彼女の部屋と俊作の家とを行き来するようになっている。

それも一晩も空けることなく逢瀬《おうせ》を愉しんでいる。とはいえ、逢瀬＝カラダの関係ではない。もちろん俊作には、美貌とナイスバディを兼ね備えた由乃を毎日でも抱きたい意欲がある。けれど、その気持ちに体が付いていかないのだ。

情けない話だが、現実的には、週二がやっと。それも、中三日空けて一発きりの発射のみ。若かりし頃のように、二回戦など望むべくもない。

二日続けて挑んだこともあったが、残念ながら十分な勃起が得られず、侘しい思いをしている。

しかも、十分な休養と間隔をあけていても、どうにもならないことがあったり、何とか勃起しても中折れしたりと、年齢を痛感することばかりだ。

そんな夜は、決して由乃のせいではないと繰り返し伝え、クンニや手淫で女肉を弄んでいる。だからと言って、若い彼女をおもちゃにしている訳では断じてない。

口淫や手淫でも微熟女を満足させられることが、俊作にとっては愉しくも悦びなのだ。

由乃の方も、従順に身を任せてくれるし、この頃は自発的にフェラチオをして、勃起を促してくれたりもする。

それでも、やはり寄る年波には勝てず、ムリはしないよう心掛けている。

彼女もその辺りを心得てくれているからこそ、余計にその一度の交わりがより貪欲《どんよく》なものに昇華されている。

それがおんなの嗜《たしな》みとでもいうように、由乃は恥じらいを忘れないものの、自ら積極的に快楽に酔い痴れては、淫らなイキ様を晒すようになっている。

時に、これがあの由乃なのかと思わせる奔放さで俊作を驚かせるのだ。

「あぁ、いいっ。やっぱり俊作さんのおち×ちんが一番気持ちいいです。手やお口でしてくれるのも気持ちがいいけど……。こうして結ばれるのが一番うれしい」

今夜も既にクンニで一度、さらに手淫でも一度、由乃は絶頂に導かれている。挿入となってからも微熟女はイキ通しにイキまくり、成熟した裸身を汗まみれに光らせ、白いシーツを喜悦の潮でぐしょ濡れにさせていた。

「僕は、由乃がいっぱいイッてくれるのが、何よりうれしい。でも、残念ながらこの歳になっても、おんながイク感覚ってどんななのかが判らない。個人差もあるだろうけど、由乃はどんな風に感じてる？」

真顔で尋ねると、微熟女は少し小首をかしげながら素直に言葉にしてくれた。

「イク感覚ですか？　えーと。腰の芯が燃えたつように灼け痺れるような感じ？　あと、火柱のような快美感が背骨を貫いて、脳天を突き抜けていくとか……」

わざわざ思い出さずとも、いまカラダに起きている感覚をそのまま口にしているようだ。恥ずかしいことを口にしている自覚があるのだろう。美貌が蒸されたように色っぽく上気している。

「おっぱいとかは、どんな感じなの？」

好奇心を満たしたい欲求と、さらに由乃の羞恥を煽りたい気持ちとで、さらに質問を投げかける。

「お、おっぱいは……。俊作さんはやさしくしてくれますけど、揉みくちゃにされるのが……。乳首から痛みにも似た甘い痺れが電撃のように、そして突然、全ての音が途絶えて、一気に絶頂に……。えっ？　ああん。俊作さぁ～ん！」

乳房を強く揉みくちゃにされたい願望が由乃にあると知らされた俊作は、その望み通り、遠慮なく容《かたち》の良い乳房を鷲摑《わしづか》みにして、ぐにゅりと強く揉んだ。

「あっ、ああ、おっぱい痺れちゃうぅっ！　はうぅっ、そうよ。強く、もっと強く揉んでください……っ！」

小刻みに浅瀬で肉棒を躍らせながら、グイグイと乳房を荒々しくまさぐる。ムリムリっと硬さを増した乳首を、掌に擦れさせ、しこたまに潰してやる。

「いいっ！　ああ、いいの。おっぱいギュってされるの気持ちいいっ！」

よがる由乃に半ば圧倒されつつ、もう一方の乳首を口腔に含み、前歯で甘く嚙《か》み潰《つぶ》す。

「あああああああああぁぁぁぁ～～んんっ！」

由乃の口からこの世の終わりが来たかのような声が漏れ、同時に背筋を大きく反らせた。

そんなに強く噛んだつもりはないが痛かったのだろうかと、一瞬疑ったほどだ。けれど、そうではないことは明白だ。つまり、乳首を甘噛みされるのが、由乃の弱点であるらしい。

「もう一回……。もう一回、噛んでください。お願いします」

信じがたいアンコールまで求められ、俊作は深く考えることもできずに望まれるままに行動した。

右の乳首を口に含み、上下の歯で強く挟む。もう一方の乳首は、親指と人差し指の間に挟み取り、乳頭を転がすようにしてすり潰す。

「んんんっ!! んああっ、ああああああああぁぁっ!」

大きな声を漏らさぬようあらかじめ備えていたのか、声にならない悲鳴が漏れる。しかも、快美な乳首性感を堪えきれず、朱唇は容易くほつれ、本気の牝啼きを晒していく。

「はぁはぁ……あぁ、ん、あぁ……ダメ……感じ過ぎちゃう……怖い……」

白い背筋が美しく反り上がり、腹上の俊作ごと迫り上げる。自然、咥えられたままの乳首がにゅっと伸びる。

「あぁぁぁあああん、あぁぁ～～……っ。あ、あっ、あぁぁぁ……」

咄嗟《とっさ》に由乃は俊作の後頭部に手を回し、自らの双乳をギュッと押し付けてくる。両脚も俊作の背中に回され、二度と離さないというように体を締め付けている。結合部がより密着し、自然、俊作の分身は浅瀬から膣奥に行きついた。

降りてきた子宮口を鈴口がムギュッと圧迫する手応え。

「きゃうっ！」っと引き攣った悲鳴が漏れ、美麗な女体がぶるぶると震える。

またしてもイキ乱れた由乃の乳首を、彼女が落ち着くまで後戯のようにペロペロとやさしく舐めてやる。

「あ、ああん。ダメです。そんなことをされたら……終わらなくなっちゃう」

絶頂の余韻が残る乳肌を冷めることがないように舐めているのだから、終わらなくなるのは仕方がない。むしろ、俊作はまだ終わりたくないのだ。

「うん。でも、もう少しだけ……今夜はできそうだから。ねっ」

乳首から離した唇を今度は朱唇に重ねる。

深い絶頂から立ち直りつつある微熟女から、やおら肉棒を引き抜くと由乃を反転させ、寝バックの体位を整える。

「このまま股を開いて……」

やさしく求めてから愛らしい耳を舐ると、素直に微熟女はうつ伏せのまま美脚を逆V の字に開いてくれた。

「ありがとう。由乃」

感謝の言葉を口にしながら、俊作は彼女の背後からのしかかるようにしてその股間を襲った。

一度のセックスで、繋がっては抜いて、息を整えてはまた繋がって、そうすることは二人の行為では普通になっている。

仇っぽい腰つきを跨るようにして、逆V字の付け根に分身を運んだ。

カウパー液と芳醇な愛蜜の助けもあって、肉柱は何の抵抗もなくスムーズに埋め込まれていく。

「あうん……あ、はあ……んんっ……！」

途端に零れ落ちる由乃の湿った喘ぎ。幾度となく絶頂に導かれた女体は、いつも以上に敏感になっているようだ。

「すっかり、僕のち×ぽを覚え込んだね。由乃のおま×こ、こんなにスムーズに呑み込んでくれる！」

美脚をまっすぐに伸ばした由乃を背後から馬乗りになって、俊作は貫いた。

迫り出した腹が多少邪魔するが、野太い男根の大半が漬け込まれている。

ハァ、ハァ、と熱い吐息を漏らしながらメビウスの輪を結ぶような微熟女のスレンダー女体が、蜜のような甘い匂いを立ち昇らせて濡れ蠢いた。

「あん、あっ、あぁっ……。俊作さん、ダメです……。そ、そこ、酷く感じてしまいます……。いやぁ、感じるっ……感じちゃうぅぅ～～っ！」

いわゆる寝バックの体位で、背後から浅瀬のポイントを探った結果、予想通りの反応が返ってきた。

「ダ、ダメぇ。そこは、あっ、あぁ、痺れちゃう……。あん、ああ……痺れるぅっ！」

「由乃の反応が物凄く色っぽい。ちゃんとGスポットにあたっている証拠だね……」

またしても泣き所を探り当てた俊作だから、その場所を容易に離れない。

「いやあ、もうこれ以上感じさせたりしないでください。ただでさえ俊作さんのおち×ちんを覚え込まされて、一日中切ないのですから！」

「へえ。そうなの？　一日中、僕のち×ぽを想って疼かせているの？　それはもう由乃は、ち×ぽ中毒だね」

「ああ、そんな。ち×ぽ中毒だなんて……。あっ、ああ、ダメです。捏ねないでくださいぃっ！」

本当に一日中、想ってくれるのなら最高にうれしい。同時に、それほど疼かせていて、週に二回ほどしかしてやれないのは可哀そうに思える。

由乃は普通に見ても美しく、年相応の色香も十分に発散させているのに、思いのほか、その肉体は開発されていなかった。

恥じらい深く、慎み深い性格もあるが、やはり世の男たちがリスクを取らなくなったということだろうか。けれど、俊作に言わせれば、リスクも追わずに人を愛することなどできるはずがないのだ。

男は、もっとギラギラするべきだとも思う。勇気も、気概も、情熱もなく、虚しく草ばかり食っている奴など、俊作からすれば男とはいえない。

昭和生まれのノンコンプライアンス男と言われようが本望だ。強くなくては生きていけない時代を生き抜いてきたのだ。

もっとも、男に開発されてこなかった由乃ゆえに、俊作の男心がくすぐられることも事実だった。

「このままイクまで由乃のGスポットを擦るぞ。ここがいいのだろう？　イキ狂うまでほじってやる！」

セクハラ親父丸出しで、微熟女を責め立てる俊作。寝バックの体位は、実は、体力の消耗が少ない上に、射精を遅らせる効果もある。

「あん、あっ、ああ、ダメなのに！　あはぁん、凄い、凄い、凄い、おま×この中、ビリビリしちゃいますぅぅぅ〜〜！」

なおも俊作は、由乃の啼き処を切っ先で捉えている。その状態で、背中やお腹といった面積の広い箇所から腰部やお尻、さらには腕や手の甲といった狭い箇所までやさしく撫でていく。

もはや、柔肌の全てが性感帯と言えるほど敏感になっているらしく、どこを触られても由乃は「あううっ」と悩ましく呻き、女体を艶やかなミルキーピンクに染め、タラタラと汗まみれにしている。

「由乃の肌、触っているこっちの掌が溶けてしまいそうなほどスベスベだ。でも、やっぱり一番触っていて気持ちがいいのは、おっぱいかなぁ……」

言いながら俊作は、掌を女体とベッドの間に滑り込ませ、強く捏ねまわす。

「あっ！　ダメですっ、いまおっぱいはいけません。敏感過ぎてダメなの……。あっ、あっ、あぁ〜ん！」

もぞもぞと手を蠢かせ、乳膚を撫でまわす。根元から摑み取ると、乳先まで一気にしごいた。先ほどの甘嚙みで敏感になった乳首は、ぷっくらと勃起して甘い愉悦を牝肉に送る。

「あぁんん〜〜っ！」

官能的に甘く呻き、由乃は細腰を跳ねさせた。そのエロ反応が、なんとも可憐でいやらしい。

「スベスベの滑らかさとフワフワの感触が、ビクンビクン掌の中で蠢いてるよ。たまらない！」

「ダメぇ。ダメなの……。おっぱい、ギュって潰されるのが気持ちよすぎて」

凄まじい興奮に包まれた俊作は、背筋をゾクゾクさせながら、二度三度と容《かたち》のいい乳房をしごいていく。それも彼女の好み通り、これまでにない強さで。

「くふぅぅうっ！　あはぁ、ダメ、もうダメぇ、由乃、またイッてしまいます！」

「イキそうだったら、ムリせずにイッて構わないよ。そうだな、もっとイキやすいように由乃のクリトリスをコロコロしてあげよう」

幾分サディスティックな気分で、その言葉通り、微熟女の媚肉の合わせ目に手指を運ぶ。

「ああん。俊作さんは、もっと紳士な人だと思ってたのに。なのに今は意地悪ばかりで、酷すぎます……」

「そうかなあ？　真摯《しんし》に由乃をよがらせていると思うのだけど……。でも、そんなに由乃が嫌なら、紳士らしくこれで止めにしてもいいよ」

「いやです。やめてはいや。もう本当に、俊作さんの意地悪ぅ……。判りました。由乃を存分にいじめてください。クリトリスをコロコロお願いします」

半ば拗ねたように、半ば甘えたように可愛らしく由乃がおねだりをする。そんな微熟女の様子に、思わず俊作はにんまりした。

「うん。それじゃあ、お望みの通り、由乃のクリをいじめてあげよう」

むろん、寝バックで女陰を貫いたまま赤く充血した肉芽を弄ばれて、由乃がじっとしていられるわけがない。やさしく指先に摘まむだけで、瞬時に、雷にでも打たれたような反応が美麗な女体に起きた。

「いっ、ああっ、ああああああああああぁぁっ！　ダメぇっ、ダメです、ダメ、ダメ、ダメぇぇぇぇーっ！」

悲鳴と同時に由乃の美脚がつま先までピーンと伸びきった。イク寸前の由乃のいつもの反応だ。

「大丈夫だよ。すっかり由乃のカラダは覚えたから、小さなお豆も簡単に捕まえられるからこんなに硬くさせているのだよね？」

意地悪に問いかける俊作に、由乃はろくに応えることもできずに「あううぅーっ！」と喉奥で呻く。女体がド派手に痙攣して、そこが微熟女最大の性感帯であることを曝《さら》け出した。

「少し触れただけでも、こんなに感度がいい。指の間でお豆が膨らんでいく……。さあ、クリ転がしをしてあげよう。盛大にイッて構わないぞ！」

軽く弄ぶだけでも、ぶるぶるっと女体が震える。これで、本格的にクリトリスを転がされてしまえば、由乃はどこまでの高さまで絶頂に打ち上げられるのだろう。

「俊作さん、やめっ！　か、感じ過ぎて切なっ！　きゃううううぅぅ〜〜っ！」

由乃にもその自覚があるのだろう。やめてと訴えたかったようだが、その間も与えず、指先で女核を包皮の上から押さえ込む。根元から勃起したグミのような牝芯をコロコロと転がした。同時に、腰を小刻みに蠢かせ、Gスポットへの圧迫も強める。

「ひうっ……ダメっ！　ね、根っこ……あぁ、根っこがあっ！　ほぅううっ、あっ、やぁあああああぁ〜〜っ！」

耳から射精してしまいそうなほどの卑猥《ひわい》な悲鳴を由乃が上げると、同時に女体が大地震を起こし、ベッドの上で四肢がのたうつ。それでも背後から俊作がのしかかっているから逃れようにも逃れられない。

むしろ、自ら動いたおかげで肉柱のGスポットへの擦りつけが、より強くなるらしい。激しくもバタバタと膝から下だけをバタつかせ、ベッドを軋《きし》ませた。

お陰で俊作は、ロデオでもしているような気分だ。美しい牝馬の肢体は酷くやわらかく、汗まみれで滑るから、のしかかっているのも楽ではない。そもそも寝バックは、ただでさえ抜け落ちやすい体位なのだ。

やむなく両膝の踏ん張りをさらに効かせ、Gスポットから撤退して切っ先を膣奥へと移動させる。

「はうぅぅぅっ！　だ、ダメぇ、奥はダメぇっ！　またポルチオを擦るのですよね？　由乃をおかしくさせるつもりなのね……」

「そうだよ。今度はクリを回しながら由乃のポルチオをいっぱい擦るから。また連続絶頂しようね」

言い聞かせるように俊作は囁いた。

つい先日まで微熟女は、〝ポルチオ〟などという単語さえ知らなかった。俊作が教えたのだ。それも、その場所をねちっこく責めて覚え込ませながら。

「ああん、いや、いや。また由乃は、ふしだらにイキ乱れてしまうのですね。はしたない連続絶頂をまた俊作さんに晒してしまうのだわ！」

狼狽える由乃を他所に、俊作は、切っ先で子宮口をトントンとノックするように微弱な振動を与えていく。

「あはんっ!! ひ、響く……。奥に響いています……。あおおぅ、ダメっ、おかしくなりそう……っ！」

案の定、微熟女に絶頂の漣《さざなみ》が訪れては引くのを繰り返し、やがてその波の周期が短くなっていく。

「あううっ、は、はじまりました……。あっ、ひあぁっ、ダメ、ダメっ！ このままでは由乃、またイキ止まらなくなります～～っ」

美麗な女体がわななないては、ひきつけを起こしたように痙攣を起こす。

真正面からその貌を目の当《まあ》たりにしてしまえば、さすがに俊作も昂って漏らしていたかも知れない。けれど、幸か不幸か、いまはバックから擦りつけているから由乃のイキ貌は覗けない。

とはいえ、白い背中の艶めかしい蠢きや官能的な啜り泣きをまともに耳にしているため、下腹部にやるせない衝動が込み上げる。

やせ我慢も限界にあるようで、やむなく俊作はその衝動を蜜壺にぶつけた。

擦りつけるばかりだった肉柱を大きく抜き挿しさせる。けれど、決して指先に捉えた牝芯を逃しはしない。何としても由乃を連続絶頂に押し上げるつもりだ。

「あはあああぁ……。俊介さん……許して……ああ、淫らな由乃を許してください……あううっ……ダメぇぇえ〜〜っ！」

まるで罰を与えられてでもいるかのように許しを請《こ》いながら、牝獣と化した由乃が絶叫した。しかし、牡獣は容赦しないどころか、挟む指の転がす速度を上げて、淫靡な水音をわざと立てていく。

「凄い。由乃のおま×こ、ぐちょぐちょだ。イキそうなのだね？　いいよ。イッて！　ほら、コチコチの尖がりを転がされて我慢できないのだろう？　ほら、イクんだ！」

ぐいぐいと抜き挿しのストロークを大きくさせて微熟女を追い詰める。

「ほううっ……。あぁ〜〜っ。もうダメですっ！　由乃、イクッ、イクッ、イクっ、イックうううぅ〜〜っ！」

うつ伏せの美貌を大きく持ち上げ、しなやかに背筋をグーンと撓める由乃。背後に俊作がいるのにもかかわらず、美しい純白アーチができあがった。

お陰で、亀頭部がぎゅぎゅうと子宮口に押し当てられている。

付け根まで咥え込んだ媚肉がキュッと、肉柱を締め付ける。

いま少し残されていると思われていた俊作の余命が一気に奪われた。それほどきつい締め付けなのだ。

「ぐわあああぁ、由乃、射精《だ》すぞっ！　おおおお射精《イ》くぅぅぅっ！」

どどどどっと尿道を牡液が遡《さかのぼ》る快感。ぶばっと鈴口が広がると、劣情の白濁《はくだく》を吹き出した。

「おおおおぉんっ、おおおおおおぉっ！」

上品な顔立ちに似合わぬ呻きは、由乃が本気で絶頂した時にのみ聞かせてくれる妖しい牝啼きだ。

時間が止まったかの如く、女体はぴたりと動きを止め、荒い呼吸も止めている。そして数秒が流れ、由乃はぶるぶるっとわななくや、ドスンとベッドに女体を沈め、どっと汗を噴き上げた。

2

「お父さん。来月のお母さんの命日を忘れていない？」

娘の明美からの電話に、さすがに俊作も動揺した。むろん、妻の命日を忘れていたからではない。隣に、裸の由乃が横たわっていたからだ。

「忘れるはずがないだろう。お寺にも、二十五日にと伝えてある」

そう言いきってから俊作は、なぜ明美がこんな電話をしてきたのかに気がついた。祥月命日は覚えていたが、今回が七回忌に当たることを失念していたのだ。

しまった！　とは思ったが、娘の手前、口には出さない。

「来週にでも案内は出すつもりでいる」と、口から出まかせをいい電話を切った。

お陰で、翌日から俊作は、七回忌の用意で忙殺されることになった。

寺との打ち合わせや出席者への案内、食事の手配など、やることは多い。

身内だけで済ませるつもりでも、結構な人数になると判明し、会場の手配も必要となった。

幸いにも二十五日は日曜であったことから、日にちはずらさずに済む。

忙しさにさらに拍車をかけたのは、定年退職に伴《ともな》う仕事の引継ぎと、再雇用に向けての人事異動が重なったことだ。

実は、同じ部署で再雇用されるものと思い込んでいたのだが、人事部から異動は必須だと告げられた。

考えてみれば部長であった俊作が、同じ部署で役職もなくなると、煙たい存在にしかならない。それを見越しての異動なのだろう。まあ、それは仕方がないにしても、その移動先が「コンプライアンス相談室」なる部署と聞き面食らった。

企業にとって、いまどき必要な部署であることは理解できるが、よりにもよって俊作にそんなお鉢が回ってこようとは考えてもいなかった。

そもそも、そんな部署が社内にあったことも知らなかったが、よくよく聞けば俊作の異動と同時に新設される部署らしいのだ。

元は、総務部の管轄で外部相談窓口と業務提携していたそうだが、社内に部署を設ける必要があると判断されたらしい。

そんな部署に、何故自分がと人事部とも話をしたが、「セクハラやパワハラなどの過去もなく、温厚で知られる木暮部長が適任との経営判断です」と諭《さと》された。

そうは言っても、そんな部署に自分が適任であるとは、どうしても思えない。

一番の引っ掛かりは、由乃との関係にある。

むろん、年の差があるとはいえ独身男女の関係なのだから、誰にも後ろ指を差される筋合いはない。コンプライアンス的にも、引っかかることはないだろう。

けれど、俊作の頭のどこかで、後ろめたいような、倫理的に問題があるような、そんな気がしてならないのだ。

熟慮を重ねた上で、人事部に再雇用も含めて固辞したい旨の申し出をしたところ、後日、社長室に呼び出され、直々に「お願いしたい」と言われてしまった。

そうまで請われてしまうと俊作に断る余地はない。

結局、〝コンプライアンス室相談役〟なる役職を拝命するハメになった。

「さて。受けるとは決めたものの、どうしたものか……？」

嘱託社員扱いの相談役とはいえ、世に言う〝コンプライアンス〟なるものを今一度勉強しておく必要があるように思える。

こういう時は、「とりあえず本屋へ」と考えるのが俊作の世代だろう。

駅近くにある本屋に入ると、ビジネスコーナーに足を向けた。

「おおっ。やっぱり結構並んでいる……」

入門的な本から法律に沿った専門的な本、対応マニュアルなど多岐《たき》にわたっている。

試しにタイトルに〝基礎〟と着いた一冊を手に取りパラパラとやってみると、どうやら社会人であれば一般常識的な事柄をまとめたものに過ぎないことが判った。

この程度なら読むまでもないと棚に本を戻しながら、何気に向けた視線の先の人物に目が留まった。

「星羅先生？　だよな……」

　俊作からは少し離れた場所で本を物色しているようだが、紛れもなく孫娘の担任保育士の漆原星羅に違いない。

　娘の明美も何かと忙しいらしく、あれからも何度か孫娘のメグを迎えに行く機会を得て、すっかり顔見知りになっている。

　とはいえ、正直、今の俊作は由乃との関係があるため、星羅にアプローチするつもりはなくなっていた。

（でも、まあ、挨拶くらいは……）

　星羅の方は俊作に気づいていないようだが、礼儀として挨拶するくらいはいけないことでもないだろう。

　そう考えるのも、未だどこかにやましい気持ちがあるせいかも知れない。散々、迷ったものの、俊作は何気なく彼女との距離を縮めていった。

（何となく元気がないように見えるのは気のせいか……？）

　本屋という場所柄、静かに棚を見て回るのは当然なのだが、それでもいつもの星羅とは違い、どこか悄然《しょうぜん》としているように思われる。しかも、彼女の様子を観察していると、ただ棚の中の本をぼんやりと見ているだけなのだ。否。もしかすると、その視界には本さえも入っていないのかもしれない。

(物思いに耽っている訳でもなさそうだ……)

彼女が何かを思い詰めていることは明白で、俊作は声をかけるべきと判断した。薄い肩を軽くポンポンと叩き、「星羅先生」と、その名を呼んだ。

弾かれたようにビクンと背中が動き、くるりとこちらに振り向いた。

美しい大きな瞳が、これは誰なのだろうと考えるように彷徨《さまよ》ってから、その唇が「メグちゃんの……」と動く。

「星羅先生。こんばんは。こんな場所で奇遇だね」

努めて明るく俊作がそう言うと、星羅の眼から大粒の涙がぽろぽろと零れ出した。

3

「どう。少し落ち着いた?」

いきなり星羅に泣き出された俊作は、書店の一角を占める喫茶コーナーに彼女を誘い、温かいミルクを注文した。

真夏ではあるが、店内は充分に空調が効いているし、星羅が気分を落ち着けるためにも、体を温めてくれるホットミルクが良薬となると考えたのだ。

案の定、ホットミルクを啜った星羅は、先ほどよりも幾分、表情が和らいでいる。

「恥ずかしいです。メグちゃんのおじいちゃまに、こんなところを見られるなんて」

俊作には、メグの祖父だから恥ずかしいのか、涙を見せたことが恥ずかしいのか判然としないが、曖昧に微笑み頷いてみせる。

「いやいや。恥ずかしがることはない。どうしようもなく泣きたくなることは誰にでもあることだよ」

少しでも星羅の気分を和らげようと、当たり障りのない言葉を探す。

正直、俊作には、星羅くらいの年頃の女性をどうやって慰めればいいのか、見当がつかない。

「でも、不思議です。メグちゃんのおじいちゃまのお顔を見た途端、涙を我慢できなくなって……」

照れくさそうな表情で、両手に抱えたミルクカップを口に運ぶ星羅。その仕草や表情があまりに可愛くて、危うくデレた顔になってしまいそうになる。

コホンと軽く咳払いして、俊作もカップを口に運んだ。

「おじいちゃまは失礼ですね。えーと。何とお呼びすれば？」

「メグは、このじいじを俊作と呼び捨てにしてるけど、星羅先生もそれでどうぞ」

むしろ、そう呼んでもらえるのは嬉しいと提案したのだが、さすがに孫娘のように呼び捨てにはできないだろうとも思っている。

「でしたら俊作さんと……。あの、ありがとうございます。お陰で、なんだかホッとしました」

「ホットミルクだけに？」

くだらない俊作の親父ギャグに、ようやく星羅が笑顔を見せた。

「ええ。ホットでホッと……。私、不思議と俊作さんの顔を見ただけで、安心してしまうようです。きっと涙もそれで……」

「ふむ。それは光栄だね。思いがけず星羅先生の精神安定剤になれたらしい。こんな顔で安心できるなら、いくらでもお見せするよ」

穏やかな口調を心掛け、星羅の様子をずっと観察し続ける。青ざめていた顔色も、心なしかよくなったので、もう少しだけ踏み込んでみようと思った。

「もしよければ、星羅先生を煩《わずら》わせている原因を話してみない？　こんなお爺《じい》に何ができるわけではないけれど、話をすることで心が晴れることもあるから……」

そう促してはみたものの、星羅は話をしにくそうな様子だ。

「うーん。話し難い？　じゃあ、このお爺が当ててみようか……。きっと仕事のことだろうね。それも人間関係……。でも、先生同士のことではなさそうだ。だとすると、保護者かなぁ。誰かのお父さんかお母さんから、何か酷いことを言われたか、ムリな要求でもあったか……」

星羅の顔を見ながら推理するかのように言葉を重ねていく。見る見るうちに、彼女の瞳が丸く見開かれる様子から、その推理が当たっていることを確信した。

「えーっ。どうしてですか？　どうしてそんなことが判るのです？　私、何も言っていないのに……！」

純粋に驚いている星羅に、俊作は「全てお見通し」と頷いてみせた。

タネを明かせば、簡単な話だ。先ほど星羅が立ち尽くしていた本棚は、教育関連の書籍が集められたもので、その一角にはモンスターペアレントに関する本が数冊並んでいた。それを横目で見ていた俊作だから、あて推量できたのだ。

「まあ、クレームだとか無理難題を押し付けてくるバカ親に、いちいち心を痛めたりしないことだね。そういう輩《やから》は、大抵、他にも充たされぬものがあったり、不幸せであったりするから、自分よりも立場の弱いモノにあたるのさ」

この年まで勤めれば、似たような場面や人物に何度か突き当たる。それに対処するには、自分の心持ちをしっかりと定めておくのが一番肝心と経験上、心得ている。

「つまりは可哀そうな人が何かを言ってるのだから、応対してあげようくらいの感覚でいることだよ。相手のネガティブをまともに受けていると、こっちまでおかしくなっちまう。表に出してはまずいけれど、憐れむような心持ちで聞いてやるのさ」

星羅に落ち度があったとは思えない。もしも、彼女に落ち度があるなら、「自分も悪いのです」と、星羅なら口にするだろう。それが俊作の星羅に対する人物評でもある。

個人情報を守秘するつもりなのだろう。星羅は、なおも何があったのか口にしない。その事だけでも、彼女は信頼に値する人物なのだ。

「ありがとうございます。俊作さんのお話を聞いていると、どんどん気持ちが軽くなります。そう考えればいいんだと、勉強にもなりました」

「そう言ってもらえると、話をした甲斐がある。いずれにしても、このお爺は星羅先生の味方だよ。無条件で味方するから気張らないでおいで」

俊作如きに味方されたところで、何の足しにもならないだろうが、自分に一人でも味方がいると判ると心強い時もあるものだ。

すっかり落ち着きを取り戻した星羅に、暫《しば》し他愛もない世間話をしてから席を立った。

「ありがとうございます」

別れ際、星羅の声に張りが出たように感じられ、安堵した俊作だった。

4

「お義兄《にい》さんと久しぶりに会えるのを楽しみにしていました……」

家に戻ると妻の妹である藤原美穂《ふじわらみほ》がそう口を開いた。

無事七回忌を終え、家族だけが俊作の家に集まっている。

その言葉通り、美穂の顔を見るのは久しぶりだ。三年前、彼女は夫との離婚を期に、仕事の関係で北海道に引っ越していた。

「いやあ。本当に久しぶり。にしても、美穂ちゃんは、相変わらず若いなあ。こっちは、老けるばかりなのに……」

実際、妻の希美とは十歳も離れていたこともあり、義妹の美穂は四十歳になったばかりとまだ若い。

一回りほど年の差のある姪の明美と並んでも、同世代にしか見えないほどだ。

「ホント、美穂ちゃん、羨ましいくらい若々しい！　お肌なんかズルいくらいツヤツヤしてる!!」

そんな明美の羨望の眼差しにも、美穂は女神のように微笑むばかり。

実際、久しぶりに見た義妹は、以前より美貌に磨きがかかったように輝いている。ボディラインにも崩れた様子がないのは、日ごろからお手入れを怠《おこた》っていない証拠だろう。

けれど、美穂の美しさは、その見た目ばかりからくるものではない。内面に秘められた翡翠《ひすい》の如き芯の強さが、人としての品格と美しさを高めているのだ。

「やっぱりエステとか通っているの？　私にもどうしているのか教えてよ……」

その若さと美貌の秘訣を聞き出そうと、明美が躍起になっている。

(確かに、見惚れてしまうほど美しい……)

くっきりとした二重に彩られた切れ長の瞳。すっと鼻筋が綺麗に通り小さめな鼻。薄いながらもぽちゃぽちゃっとやわらかそうな唇。どれをとっても美しいと思えるパーツが理想的な配置で剝き卵のような輪郭の中に収まっている。

はんなりとした日本人女性らしい雰囲気と相まって、華やかさを感じさせるのは、小高くなった頰骨が印象付けるせいであろうか。

女性らしいやわらかな物腰としなやかな仕草が、そこに品を添え、さらには年相応の大人の色香も漂わせているから最強だ。

特に、いまは身に着ける黒い喪服が、その色気を何倍にも増幅させている。

「星羅先生と同じくらい美穂ちゃん、キレイ……」

美人に目がないメグなどは、先ほどから美穂の膝の上から降りようとしない。

美穂を〝ちゃん〟付けで呼び、「おばちゃん」と言わないあたり、空気が読めるというか、忖度《そんたく》できるというか、幼いながら末恐ろしい。

俊作を〝お爺ちゃん〟と呼ばないのも、メグが自分からそう呼びはじめたもので、誰が言わせた訳でもない。

「もうメグちゃん。本当にカワイイのだからぁ！」

背後からギュッと美穂に抱きしめられ、キャッキャと笑っている。

子供好きの美穂は、明美のことも妹のように可愛がっていた。自らも子供を望んでいたようだが、別れた亭主とは子をなすことがなかった。

「それにしても、その星羅先生って、メグちゃんご自慢の先生なのね」

話題が星羅へと移ったので、俊作は何食わぬ顔をしながら聞き耳を立てている。

「そうだよ。メグの星羅先生、すっごく綺麗でカワイイの！　俊作もそう言ってた」

突然こちらに話を振られて、俊作は慌てた。とはいえ可愛い孫のこと、ドギマギするのをひた隠しつつ、どうにか頷く。

「でもメグね、美穂ちゃんも星羅先生と同じくらいカワイイと思うよっ！」

決しておべっかを使っている訳ではないらしいメグの審美眼の確かさに、我が孫ながら舌を巻く。

「お義兄さんまでが贔屓にするほどの美人さんなのね……」

クスクス笑いながら美穂がこちらに顔を向ける。それに対し、俊作はどんな顔をしていればいいのか酷く困った。

「星羅先生といえば、いま微妙な立場なのだろう？」

俊作のピンチを悟ったわけではなかろうが、娘婿の博昭《ひろあき》が話を変えた。

「微妙な立場って、何かあったのかい？」

これ幸いに俊作もその話題に載る。先日の星羅の様子がおかしかった理由が聞けるかもしれない。

「そうなのよ。いま星羅先生、無理難題を突き付けられているらしいの……」

この手の噂話に目のない明美が詳細を語りはじめる。

どこぞのバカ親が、自分の息子のことを「特別扱いしろ！」と露骨に言ってきたらしいのだ。それに対し星羅は、「みんなを平等に扱っていますので、特別扱いなどできません」と突っぱねたらしい。

それでもなお「うちの子は、特別扱いされて当然な子だ」と、公言してやまないバカ親は、「あんたのような若い先生では話にならない。担任を変えてもらう！」と言い出す始末。見かねた園長が取りなそうとしたが、そのバカ親のさらに親が市議会議員らしく、要するに虎の威を借る狐が騒いでいるのだろう。

役所からまでも、「善処せよ」とのお達しがあり、園としても対応に苦慮しているらしいのだ。

「俊作ぅ。何とかして。星羅先生を助けてあげて」

どこまで大人の話を判っているのか、メグからも助けを請われた。

「そうは言ってもなあ。どうやって助けよう……」

助けたいのはやまやまながら俊作にどうにかできる話でもなさそうだ。

「次回の選挙は、もう絶対に田中《たなか》さんには投票しない！」

明美が憤《いきどお》るのを聞いて、はじめて無理難題を突きつけている輩の名を知った。

(田中さんって、星羅先生を悩ませているのは、あの田中の娘夫婦なのか。だったら……)

俊作が解決の糸口を見つけた頃には、もう話題が変わっていた。

「ねえ、父さん……。美穂ちゃん、こっちに帰ってくるのですって」

考え事をしている俊作に、明美が今聞いたばかりの朗報《ろうほう》をもたらした。

美穂のやわらかい笑顔が頷いて、その知らせを肯定する。

アンティーク家具のバイヤーをしている義妹は、最近になって海外出張が増えたのだという。そこで、こちらに住む方が何かと便利になったのだろう。

「こっちのお店がリニューアルする関係で、近々戻ってくることになりそうなのです……。そうなったら、少しはお義兄さんのお世話もしたいなって。で、この近くに越してこようかと……」

明るい笑顔でそんなことを言う美穂に、俊作は内心ドキリとした。

姉妹といっても、妻とはそれほど似ていないように思っていたが、こうしてみるとどこか面影を宿しているのを感じ、妙に意識してしまう。

「俊作のお世話ならメグがするもん！」

何を思ったか、まるで焼きもちでも焼くようにメグが口を挟む。

「じゃあ、美穂ちゃんとメグにお父さんを押し付けちゃおうかな……。ここに住んじゃうのも手じゃない？」

考えなしに明美が、そんなことを言い出す。

「おいおい。美穂ちゃんに父さんを押し付けるなよ」

そう娘を咎めながらも、横目で美穂の表情を盗み見ると、まんざらでもなさそうに笑っていた。

5

「俊作さん……」

そう声をかけられたのは、例の本屋だった。

もしかすると、またここで星羅に逢えるかと期待をしていたが、どうやら正解だったらしい。

この前よりも格段に明るい笑顔に出会え、俊作の心は軽やかに弾む。

夏らしい白いロングワンピース姿は、恐ろしく清楚で素敵だ。

肩ひもに吊るされたタオル地のようなふんわりとした布地が、やわらかく胸元を覆い、ウエストがギャザーとなって、そっと腰部を締めている。

スカート丈《たけ》はロングながらふくらはぎのあたりから透けさせて、悩ましく細い脚を覗かせている。

やさしく揺れる裾がおんならしさ、可愛さを一段とアップさせている。

何よりもデコルテのあたりがスクエアーに大胆に抉られて、肩や腕と共に色白の肌を悩ましく露出させていた。

「ああ、星羅先生。また逢えたね……。もしかすると、またここで逢えるかと、ちょっとだけ期待してたんだ」

正直に口にすると、星羅はさらに笑顔を振りまいてくれる。

「実は、私もです。もしかしたら、また俊作さんに逢えるかもって……」

彼女からまた逢いたかったと言われ、むろん悪い気はしない。調子に乗った俊作は、再び星羅をお茶に誘った。

「はい。よろこんで」

お茶を飲みながら他愛もない会話を交わしていく。

実は、最近、由乃とは逢っていない。何やかやと忙しさに追われているうちに、気になる男性が現れたことを彼女からは聞かされていた。

「老い先短い男に縛られるより、もっと大きなしあわせを摑み取るべきだよ。由乃から積極的にアプローチしてみたら？」

俊作のそんなアドバイスに、由乃も奮起したらしい。

感謝の想いを伝えるラインメッセージが、それから間もなく届いている。

少なからず寂しくはあったが、由乃がしあわせを摑んだのであればと安心した。

綺麗ごとではなく、目の前の星羅にも、しあわせになって欲しい。

「あの。俊作さんですよね。私のこと助けてくれたのは……」

突然、切り出されたが、そこは年の功、俊作は知らぬふりをする。

「星羅先生を僕が？　ああ、この間のアドバイスがそんなに助けになった？」

惚《とぼ》ける俊作を潤んだ瞳で見つめ返す星羅。

確かに俊作は、あの七回忌の集まりのすぐ後に〝同級生〟の田中に久しぶりに電話をしていた。

その際、「きちんと娘夫婦の教育をした方がいいんじゃないか？」と話した上で、「保育園の星羅先生に電話を入れておいた方がいい」とも伝えておいた。ただ、それだけだ。

事情など細かに説明しなくとも、それだけで俊作が何を言いたいのか田中には伝わったようだ。結果、どうやら思惑通りに、きちんと星羅に詫びが入れられたらしい。

（田中の奴、俺の名を出したのか……？）

偶然、モンスターペアレントのバックについていた議員が俊作の元同級生の田中だったから口を利いただけで、陳腐な解決法だと思う。だからこそ、俊作は知らぬふりを決め込んでいる。

だからこそ、俊作は知らぬふりを決め込んでいる。

星羅に逢いたいと思ったのも、あの明るい笑顔が戻っているか確認したかっただけのこと。彼女に対し下心を持っていたのは事実だが、こんなことで恩に着せるつもりはない。

綺麗ごとを言うのではなく、打算などないピュアな恋愛をしたいのだ。

「アドバイスだけではありません。ありがとうございます。俊作さんのお陰です」

「ふーん。何のことか判らないけど、まあ、星羅先生に笑顔が戻ったのだからいいか……。そうだ、時間があるなら遊びに行かない？　少し体を動かしたくてね」

俊作は、星羅をボーリングに誘った。

モンスターペアレンツからようやく解放された彼女を労《ねぎら》う意味も兼ね、愉しい時間を作ってあげたいと思ったのだ。

ボーリングやダーツ、アーケードゲームやクレーンゲームと時間を忘れ、遊びに興じる。すっかり明るい笑顔を取り戻した星羅に俊作は心から安堵した。

その後、食事をしてバーでゆっくり過ごす中で、ストレスから解放された星羅はよく笑い、二人は時の過ぎるのを忘れて会話を重ねていった。

「時間も遅くなったから、そろそろ部屋に送ろう」

気がつくと終電の時間を過ぎている。

俊作はタクシーで、彼女を部屋まで送ることにした。

6

「あの……。ムリに引き留めて、ご迷惑でしたか……？」

見慣れない綺麗に片付いた部屋の主が、俊作に身を任せるようにして寄り添い座っている。

タクシーが部屋に到着すると、彼女に「お茶でも」と誘われたのだ。

内心、ドキリとしたが、あくまでも紳士的に振舞うつもりだった。

「そんな訳にはいかないよ。こんな時間に若い女性の部屋に上がり込むなんて」

そう固辞したはずなのだが、なぜか今、こうしている。

「帰らないでください。俊作さんに甘えていたいのです。今夜だけでも構いませんから……。それとも、星羅じゃダメですか？」

手の甲に星羅の掌が重ねられ、熱っぽい眼でじっとこちらを見つめられると、もういけなかった。

タクシー代を支払った俊作の腕に、星羅は手を回し、嬉しそうにカラダを寄せてくるのだった。

若い頃に戻ったように無心に星羅と遊べただけで満足していた俊作だった。けれど、こうして、その若々しい肉体に少しでも触れると、途方もなく肉欲が刺激されてしまう。

「ムリになんてことはない。でも、星羅先生の方こそいいのかい？　こんなおじいと星羅先生では、釣り合わないにも程がある」

事ここにきて断るつもりなどないが、腰が引けるのは、「年甲斐もなく！」と、どこかで己を客観視しているからだ。それに、これでは美人保育士の窮地を救った見返りを受けるようで心苦しい。

とはいえ、自分のようなおやじに、二十代のそれも星羅のような美女が身を任せてくれる機会など、今後二度と訪れないだろう。

「正直に告白するよ。ものすごくうれしいんだ。星羅先生はとっても魅力的だから。

とっても甘え上手で、構ってあげたくなるし、守ってあげたくもなる。そんな星羅先生から男として求められるなんて……」

湧き上がる想いを包み隠さず言葉にする俊作。打算も何もなく、ただ純粋に思いを告げるべきだと思っている。

肩に寄りかかる星羅の重みや温もりが、自然に俊作を素直にさせていく。

「メグが慕う星羅先生は、包容力と母性本能たっぷりで。なのにこんなに甘ったれで、頼りなげで。そのギャップが凄くて……。だから、余計に目が離せない」

自分でもこんなセリフが次から次によく出てくると、感心しなくもないが、全てが本心であるだけに照れることも恥ずかしいと思うこともない。

「本当に、こんなおじいが星羅先生に触れていいわけがないのだけれど……。でも今は、心から星羅を……」

そっと腕を伸ばし、彼女の薄い肩を抱き寄せる。

「俊作さんが星羅のことをそんな風に思ってくれてうれしいです！　だったら、星羅の願いを叶えてください。一晩だけでも俊作さんの腕の中で甘えさせて」

すがるような眼をする星羅に、俊作の心は沸《わ》き立った。こんなにカワイイ女性を抱けるのだから、これ以上の幸運はない。

「私、あの日の言葉が、とても嬉しかった。無条件で味方するからって……。俊作さんが、正義の味方に見えました。あの瞬間、星羅はハートを撃ち抜かれたのです」

赤く染めた頬を幾分、持ち上げ加減に、瞳を閉じる星羅。無言の求めに応じ、やさしく口づけを交わす。

「今日はいっぱい汗をかいたから、先にシャワーを浴びたいです……。あの、もし、よかったら俊作さんも一緒に……。お背中、流させてください」

大胆なことを言い出す星羅に、由乃との違いが見て取れる。意外にも星羅は、奔放な性格のようだ。

「じゃあ、星羅のカラダは僕が……」

俊作の提案にも、恥ずかしげに頷いてくれる星羅。ふたりは、バスルームに移動すると、互いの着ているものを脱がせあう。

白いロングワンピースの肩ひもをそっとずらし、やわらかく胸元を覆うふんわりとした布地を剝いていく。

薄紅のブラジャーに包まれたこんもりとしたふくらみが露わになると、母性の象徴であるふくらみが、俊作の想像以上にボリューミーだと知れる。

(由乃よりもツーサイズは上かな……)

ふたりを比べてはいけないと判っている。けれど、どうしても比較してしまうのが男の性《さが》だ。

どうしても視線が、その深い谷間にいってしまうのを無理やり引き離し、ギャザー状に腰部を締めつけている布地を引き下ろしていく。左右に張り出す安産型の蜂腰を通り過ぎると、ストッキングに包まれた魅惑の下肢が現れた。

ロング丈のワンピースを美脚から抜き取り、そのままぴっちりと下腹部に張り付いたストッキングも剝き取った。

ピチピチとした太ももやアユの腹のようなふくらはぎが、その全容を悩ましく灯《あか》りに晒した。

思っていた以上に着やせするタイプであるらしく、驚くほど均整の取れたプロポーションをしている。

「ああん。やっぱり恥ずかしい。俊作さん。少しだけ、後ろを向いていてもらえますか……」

何をするつもりなのかは判らないが、俊作は素直に従ってやる。

すぐに衣擦《きぬず》れの音と共に星羅が動く気配。それに聞き耳を立てながらも、俊作は自らの体に残されたズボンと下着を脱ぎ捨てた。

我ながらだぶつき気味の体は、星羅の美裸身とはあまりにも対照的だ。

「あの……。もういいですよ。さあ、入りましょう」

振り向くと、白いバスタオルに裸身を包んだ悩ましい姿。純白のデコルテや乳肌の半ばほどを露わに、乳房の全容や股間は見えないように隠している。

一緒にシャワーを浴びようと提案しておきながら、全裸は恥ずかしいらしい。

ショートカットの髪が軽やかに揺れ、艶めいた甘い匂いを振りまいた。

7

「狭いけど、我慢してくださいね」

バスルームに入り、向かい合うと、俊作の体に星羅が熱いお湯をかけてくれる。

無言のまま、壁の棚に手を伸ばし、スポンジを手に取ってボディソープを垂らす。

その間中、俊作の視線は、星羅の女体に張り付いたままになっている。

タオル地をふっくらと盛り上げる乳房の谷間や、際どく超ミニ丈が覆う太ももの付け根付近などを盗み見ている。

その視線に気づいているのかいないのか、やさしく俊作の胸板にスポンジを押し当て、そのまま擦り付けていく。ソープの泡を含んだお湯が、ジュワーっと肌を流れて俊作の肌を敏感にさせる。

「ああ、気持ちいい……」

まさしく極楽の心地よさに、吐息のような声を漏らした。もちろん、美しい保育士が甲斐甲斐しく洗ってくれるのだから、その気持ちよさは２００％も増している。

胸板や腕を丁寧にスポンジが滑り、やさしく擦っていく。

星羅の小さな頭がすぐ目の前に来て、鼻先をくすぐられる。小さく丸く窪んだ白い腋窩《えきか》がとにかく色っぽい。

「うおっ。星羅！」

大胆にもスポンジは、俊作の下腹部にまで及ぶ。しかも、それだけではうまく洗えないとばかりに泡を掌に取り、直接陰部をまさぐってくる。

「うふふ。じっとしていてくださいね。全部、綺麗にしてあげますから」

いかにも母性本能の塊のような健気さで、俊作を洗い上げてくれる星羅。その細腕を俊作は捕まえて、手の中のスポンジを奪い取った。

「今度はこっちの番だよ。星羅の玉の肌を磨き上げよう。それには、このタオルが邪魔だから、剝いちゃうね」

「いやん。剝いちゃうだなんて。エッチな俊作さん……。でも、そうですね。ええ。剝いてください」

熱い俊作の眼差しに耐えられないと言うように、星羅はギュッと瞼を閉じた。

大胆に振舞っていても、その実、星羅は二十四歳のうら若き乙女なのだ。

バスタオルの胸元で重ね合わされた部分を俊作は指先に捕まえ、泣き別れに開いていく。

丸く容《かたち》のよい豊かな乳房。嫋《たお》やかにキュッと引きしまったくびれ。さらに女性特有の左右に張り出した腰つき。ピチピチの太ももからしなやかに伸びた見事なまでの脚線美。どこまでも優美な曲線が、派手なメリハリをつけて流れていく。

（これほど瑞々しい女体を相手にするのは、はじめてかも……）

かつての記憶を手繰っても、星羅ほど若さに満ちた女体を知らない。

正確には、学生の時の初体験の相手より、いまの星羅の方が年上であるだろう。けれど、この瑞々しい女体には、女子校生だって敵《かな》わないと思えるのだ。

恐らく、その絹肌のハリとツヤが、そう思わせるのだろう。

文字通り水を弾く美肌は、それほど明るくないバスルームのオレンジ色の照明に艶光りしている。否、あり得ないことながら、ボーっと内側から光り輝いているようにさえ見えるのだ。

「ああん。恥ずかしい……。俊作さんに全部、見られてる……。目を瞑っていても、俊作さんの熱い視線が判ります」

俊作の気配を察し、恥じらう彼女は、その身を捩りながら自らの胸を両腕に掻き抱いた。その姿は、途方もなく官能美に満ちている。

(そうか。背伸びをしていただけなのか……!)

唐突に、俊作は理解した。星羅が奔放に振舞っているのは、俊作に年の差を感じさせないように演じているのだと。

「でもね、こんなに綺麗な裸を見せつけられて、凝視せずにはいられないだろう？」

少し意地悪めいた俊作の言葉に、見る見るうちに星羅の全身が紅潮していく。うっすらと汗ばんでいくのも羞恥するゆえだろう。

呼吸が深く、両腕に抱かれた胸元が大きく上下している。

薄紅に染まった柔肌を熱い視線に痛いほど焼かれ、星羅はいたたまれずにモジモジしはじめる。

伏せられた長い睫毛が、心もち震えているのが判る。

「あの……。洗ってくれるのですよね……。お、お願いします」

見つめられ続けるよりは、洗ってもらう方がいくらかましと思ったのか、その素肌がソープの泡で隠れることを期待したのか、美人保育士はボディソープで泡立てたスポンジを、おずおずと俊作に差し出した。

「大丈夫。やさしくするから……。ほら、両手を広げて」

俊作の魂胆など、彼女にも見え見えだろう。両腕の下に守られている乳房を所望したのだ。けれど、そんなあからさまな求めにも、今さら星羅に拒む余地はない。

「こ、こうですか？」

居ずまいを正すように俊作に向き直ると、おずおずと両腕が拡げられていく。

支えを失ったにもかかわらず、その乳房は重力に負けることなく、丸い輪郭を保ったままふるふると揺れている。

まるで下乳から反り上がるようにブリンと盛り上がっては、その頂きで純ピンクの乳輪の中、乳首が少しずつ尖っていくのだ。

「おおっ、やはり、綺麗だ！」

これ以上恥ずかしがらせるような真似は、さすがにかわいそうと思いながらも、感嘆の声を禁じ得ない。

肉体のどこもかしこもがピチピチと若いのに、その乳房だけはしっかりと成熟しているように見える。

「いやぁ、そんなに見ないでくださいぃ！」

「でも、星羅のおっぱい、眩し過ぎて……」

素直すぎる言葉を浴びせられ、ブルブルッと女体が震えた。

耐え切れず、またしても肉房を抱きかかえようとする手首を俊作はやさしく捕まえた。

「隠さずに、よく見せて」

躊躇《ためら》う素振りを見せながらも、星羅が腕を落としていく。

「おっぱい、きれいだ……。本当にまん丸で、きれいなんだねっ」

しきりに誉めそやしながらスポンジを握った手を胸元に伸ばしていく。

鎖骨のあたりにあてがい、たっぷりとお湯を含んだ泡々のふかふかをジュワジュワアっと乳肌に落とす。

想像通り、水を弾くほどの柔肌を白い泡が滑っていく。先ほど俊作も味わったくすぐったくも心地よい何とも言えぬ快感が、星羅を包んでいるはずだ。

「……んっ」

悩ましい声が漏れだしそうになるのを、桜唇を噤《つぐ》んで懸命に抑えている。

伏せられていた目が、時折、こちらの様子を覗き見る。相変わらず熱い視線を向けている俊作を、まっすぐ受け止めるのはさすがに無理のようだが、それでも次に何を仕掛けられるのか探らずにはいられないらしい。

乳房の丸みに沿ってスポンジで大きな円を描き、ゆっくりとその輪を小さくしていく。ついには乳輪をなぞる程度にまで縮めた。

「あ、あああん……」

新鮮な喜悦電流に、明らかな喘ぎが漏れた。スポンジを被《かぶ》せた人差し指で、甘勃ちした乳首をなぎ倒したのだ。

「俊作さん、ダメです。そんな悪戯《いたずら》、いけません！」

先生らしい口調の叱責。けれど、そこには甘い響きばかりで、咎める意志が込められていない。むしろ「もっとして」と、おねだりしているようにさえ感じられる。

「いや、すごく愉しくてね……。あの星羅先生を苛めていると思うと、ものすごく興奮するよ」

年甲斐もなく、いたずらっ子のように嬉々として乳頭をくすぐる。人差し指の腹に下から上へと擦り付けるのだ。同時に、この愉しい時間をいつまでも味わい続けたい衝動に駆られた。

「星羅のおっぱい、シャボンに負けないくらいふかふかだね」

遠慮がちに滑らせていたスポンジも、今は大胆なものに変化させている。

下乳にあてがったまま、上に押し上げるようにして、その重みを堪能したり、肉房をスポンジごと潰すように揉みあげたりと狼藉の限り。

そのハリのある乳肌が、魅惑の弾力を生んでいる。ぶにゅりと柔らかくつぶれては、また元の形に戻ろうと掌を押し返してくるのだ。

これほどまでに男の性欲に訴えかける感触もない。夢中になって、乳房をくにゅくにゅと揉み潰した。

「あふうっ、んんっ！　いやん、俊作さん、それ洗ってないっ。揉んでるぅ！」

右乳を洗い終えると、すぐにもう一方のふくらみに取り掛かる。星羅がされるがままにしてくれることを良いことに、スポンジを持たない方の掌を、今しがた泡まみれにした乳房に直接あてがった。

「あんっ、俊作さぁん……」

ダメと拒絶されると半ば覚悟していたが、甘く名を呼ばれるばかりで、そこに抗議のニュアンスは認められない。

「あはは。ごめん。星羅のおっぱい。直接触っちゃった」

口調こそお道化ているが、内心では、その蕩けんばかりの乳房の手触りに舌を巻いている。手の甲に付いたソープの泡に匹敵するくらい、その乳房はクリーミーでフワフワで、それでいてどこか生硬い印象も抱かせるのだ。

（こんなことを星羅先生にしているとメグに知られたら、間違いなく嫌われるだろうな……）

何せ星羅は、孫娘ご自慢の美人保育士なのだ。けれど、たとえメグに嫌われても、この淫らな〝おいた〟はやめられない。

「本当は、星羅も俊作さんにこうして欲しかった……。いいですよ。星羅のおっぱい、もっと触ってください」

恥じらいながらも、保育士らしい慈しみが滲み出た言葉。むろん、そこは俊作も細心の注意と優しさを持って、乳肌をなぞりはじめる。

「そうです。ああ、そう。俊作さん、やっぱり上手です。ねっとりといやらしいのに……。うぅんっ、か、感じちゃう……あはぁ」

つるすべの乳肌を親指と人差し指の股の部分で、しごくようにしてなぞってやる。

肉丘を覆うシャボンを削ぎ落す代わりに、込み上げる熱い想いを掌から伝える。

「ああん……。こんなのはじめてです。俊作さんに触られると星羅のおっぱい、ひど副乳のあたりを包み込み、決して力任せにはせず繊細に、そしてやさしく愛撫していく。

「はううっ。おっぱい感じちゃうっ。ああ、こんなに感じたことないのにぃ」

たっぷりと泡まみれにしたもう一方の乳房にも、同じ愛撫を施していく。メリハリの利いた女体が、もうたまらないといった感じで、クナクナと悩ましく揺れる。

いつしか女体に起きた振動は、徐々に激しいものとなり、一方の手で腋の下を支えてあげなければ、膝から崩れ落ちてしまいそうなほどになっている。

「星羅のおっぱい、敏感なのだね。こんなに感じやすいなんて」

「あん、だって俊作さんが上手にしてくださるから……。しかも、こんなにエッチに！」

蕩けんばかりの表情が、俊作にはたまらない。

ついには手にしていたスポンジを床に落とし、双房を根元から絞り上げるようにして持ち上げた。

純ピンクの乳輪の真ん中で、グミを思わせる乳首が扇情的に勃起している。

シャボンを纏いヌルヌル状態の乳首を、人差し指ではじきながら、残りの指先でにぎにぎと圧迫を加えた。

「ひうんっ……そ、それ、ダメぇ……。感じすぎて、おかしくなりますぅっ」

右に捏ねまわし、左になぎ倒し、そのたびに元の形に戻ろうとする柔らかな熟脂肪を蹂躙していく。

「あっ、あああっ、ウソっ！　星羅、おっぱいで、イッちゃいそうです……っ。恥ずかしいのに気持ちよすぎて……はうううぅッ！」

「では、もう少し強くしよう。手の中でおっぱいの芯を揺らせるように、こんな感じで……！」

掌で下乳の丸みを包み込み、五指で嬲るようにして、ふるふると振動させる。

「あっ、ああっ、あああっ……揺れてるっ、星羅のおっぱいの芯が揺れてるっ。揺れちゃうううううぅっ!!」

ふるんふるん、たぷたぷ、ぶるぶる――交互に指先を乳肌にぶつけ、器用に掌の底で乳頭をくすぐりながら乳房全体を震わせていく。

歯を食いしばる星羅の張り詰めた乳房は、俊作の与える振動の他に、女体そのもののわななきも加わり、さらに巨大な揺れとなって崩落を迎えた。

「はあぁ、溶けちゃいますぅぅっ!!　おっぱいが蕩け落ちちゃうぅっ……あ、イクっ！……イクぅ～～っ」

ガクンガクンと、糸が切れた操り人形のように女体が俊作にしなだれ、前に大きく傾《かたむ》いた。かと思うと次の瞬間には、がばっと背筋を仰け反《のぞ》らせ、切なげに桜唇をわななかせる。

「ああ、本当にイッたのだね。なんて色っぽいんだ！」

キュッと締まって堅く皺を寄せる乳輪。純ピンクを妖しくぬめり輝かせ、未だゆんゆんと揺れている。

俊作は、魅惑の乳房をなおも根元から揺さぶりながら、人差し指の先で乳頭を圧迫していた。こうしていると、乳頭から今にも乳汁が噴出しそうで、たまらない気持ちにさせられた。

8

乳イキして力尽き、その場にへたり込もうとする星羅を俊作はやさしく抱え、浴槽のへりに腰かけさせる。

自らはその場にしゃがみこみ、星羅が未だ絶頂の余韻にボーっとした様子なのをいいことに、その太ももを大きくくつろげさせた。

「濡れてる……」

股間の淡い陰りの下、うら若き乙女の下の唇に俊作は視線を集中させている。

楚々としたクリトリスが、ルビー色に充血して包皮を押しのけ、剝き出しになっている。少しくすんだ色合いの大陰唇と比較して、小陰唇はいかにも新鮮な肉色。愛液にキラキラとヌメ輝き、あえかに左右に開いては揺れている。

じわじわと滲み出す蜜液が、艶めかしい匂いを漂わせる。

「星羅は、おま×こまで清楚でカワイイ……」

「あぁ、いや。イヤです。言わないでくださいっ」

少し拗ねたようにつぶやきながらも、その言葉とは裏腹に、さらに多量の蜜汁を溢れ出させている。

見ているだけでは我慢できなくなった俊作は、許しも請わぬまま星羅の股間に手を伸ばした。

「あっ……！」

ビクリと女体が震えるも、太ももが閉じられることはない。

左右の指先で、二枚の陰唇を摘み取り、左右に大きく開いては、しげしげと奥まで眺める。

残念ながらバスルームの灯りが薄ぼんやりしていて、その膣奥までは見ることができないが、それでも星羅が秘しておきたいはずのおんなの秘密は詳《つまび》らかにできた。

綺麗なピンクの粘膜のどこもかしこもがヌラヌラと濡れており、その中心部は小さく口を開いていて、たちどころに男を誑《たぶら》かす香りを漂わせているのだ。

「ああ、イヤぁ。そ、そんなところを見ないでください……あぁ、あぁ……」

「凄く綺麗だよ……。ヌルヌルしてる。ここにち×ぽを挿入《い》れたら、さぞかし気持ちよさそうだ」

未だ、絶頂の余韻に揺蕩《たゆと》うている若き保育士に、俊作の理性の糸がぷっつりと切れた。

「ごめん。星羅。もう我慢できない……！」

ハッとした表情で返事もできずにいる星羅。それでも小顔が、軽く縦に揺れたように見えた。色っぽく潤む瞳は、慈愛深く笑っている。

本能が、交われと囁き続ける。

たまらず俊作はその場に立ち上がり、バスタブの端に腰かけたままの星羅の美脚の間に腰を運ぶ。

硬く、太く、熱く滾《たぎ》る肉棒を見た限りではとても入るとは思えない楚々とした窄まりに導いた。

「あ、ああ、あぁ……はぁん……あっはあああああぁぁ……」

ゆっくりと腰を押し出して、星羅の女陰に亀頭部を埋めていく。スローな挿入と同じペースで、桜唇から嬌声が零れ落ちる。

張り詰めた肉棒を焦《あせ》ることなく同じペースで、じっくりとその容《かたち》や熱さを覚えさせるように進める。

凄まじくヌル付いた肉襞は、なのに不思議なほどに肉柱にしこたまに擦れ、あまりの具合のよさに、俊作は唇の端から涎《よだれ》を垂らしてしまう始末。やがて、乳イキで降りてきている子宮口とぶつかり、鈴口と熱い口づけを交わした。

根元近くまで埋め、至近距離に来た女体をひしと抱きすくめる。

星羅もバスタブの端に腰を降ろしたまま俊作の背に手を回し、ひしと縋《すが》り付《つ》いた。

「あああぁぁ……っ」

感極まるように牝啼きする美人保育士に、俊作は情熱的なキスを贈る。

若いとはこういうことなのだろう。彼女の全てが熱いのだ。

抱きしめた肉体。触れた唇。握りしめた掌。漏れ出る吐息。甘い嬌声までが熱い。

そして、どこよりも肉棒をねじ込んだ濡れ粘膜が、火傷をしそうなほど灼《あつ》い。

「熱いぞ星羅。あぁ、なんて熱いんだ……」

おんなは若ければ若いほどいいなどと言うつもりはない。この歳にもなると処女崇拝も全くない。けれど、三周ほども年が違う星羅を抱くことは、俊作に凄まじい陶酔をもたらしたことは確かだ。

星羅の女体は、それほどまでに瑞々しい甘美さに満ちているのだ。そのあまりの官能味に、脳髄が蕩けだし、頭の芯がボウッとしてくる。

「星羅。なんていいんだ！」

最奥で動きを止めたまま、しばらく魅力的な女体を眺め、息を吐く。ただそれだけで肉棒が溶かされてしまいそうなほど膣洞は熱く、無数のやわらかな膣襞がしっぽりと全体を包み込んでくれる。突端の肉エラのあたりに吸い付く感じがあり、窪みのあたりを微妙にくすぐられる感触もあった。

「あ、あぁ……。俊作さんも素敵です。大きくて、雄々しくて……。それに六十近いとは思えない若々しさも……。星羅が思い描いていた通り、やさしくて、頼りがいがあって……。俊作さんに抱かれているのがうれしい！」

しとどに潤う愛液がトロトロと零れ落ち、洗ったばかりの俊作の付け根を蜜まみれにしてしまう。

「すごく気持ちがいい……。星羅のおま×こは、熱くてぬるぬるで最高だ！」

あまりの気色のよさに手練れであるはずの俊作がじっとしていられないほど。徐々に腰を前後に蠢かし、数ミリ単位の抜き挿しをはじめた。

肉棒と秘唇の間からヌチャヌチャと淫らな音が漏れ、バスルームに響き渡る。

「はあん……あぁっ、あはぁ……はぁ……あぁ……んっ！」

またしても星羅の呼吸が荒くなっていく。揺蕩うていた絶頂の漣が、またしても女体にぶり返すらしい。

それほど大きなストロークをくれなくとも、女体が悦びに満ちていくのが判る。

「あ、あぁぁ……恥ずかしいほど感じています……。俊作さんが、奥まで……。すごく硬くて、ゴツゴツした容《かたち》が……あぁん……星羅の膣中《なか》で暴れています」

グッと腰を突き出し深挿《ふかざ》しすると、女体をビクンと反応させては、膣口がギュっと締まる。

瑞々しい女体に比例して膣圧が強く、緩みが感じられない。まるで肉棒から牡汁《おすじる》を搾り出そうとするかの如き締め付けだ。

老成した肉柱といえども、その女淫の魅惑には敵わない。

「ぬぅおっ！　おおっ、星羅の一番奥で、チュッパチュッパとしゃぶられているようだ……。本当に、気持ちがいいぞ」

凄まじい性感に腰の動きが一瞬止まってしまう。かと思うと、ふと膣圧が緩み、肉襞にくすぐられては、止まってはいられずに抜き挿しを再開させられる。

「星羅も、そこが……あはぁん、い、いいです！　俊作さん、あぁ、俊作さぁん」

いつ搾り取られても不思議のない危うい感覚。にもかかわらず俊作は腰の律動を止めることができない。

「あぁ、あぁ、星羅もう我慢できない。またなの、また、イッてしまいそう……ああっ、あぁん。恥ずかしいのに、またイッちゃうぅ……」

バスタブのヘリに載せていた星羅のお尻が軽く浮き上がり、俊作の律動に合わせて蠢きはじめる。

一番奥まで肉棒を迎え入れては、子宮口を鈴口に密着させてグイグイと押し付けてくる。

「あああああああああぁぁ!!　あッ、あああぁん！　そこ、そこなの……あぁ、そこぉ……あぁぁ……はぁぁ……ぁんっ！」

膣奥のそこが星羅の弱点らしく、ふしだらに蜂腰を蠢かせては悩ましい牝啼きをバスルームに響かせる。

俊作は腰を突き出しているだけで、ストロークさせずとも勝手に肉棒が膣肉を掻き回していくのだ。

「ダメ、ダメ、ダメ。こんなふしだらな星羅を俊作さんに見られたくなかった。でも、もうダメなの。星羅、またイキたいの……。ああん、俊作さぁん」

情感たっぷりに牝啼きして、腰をクネクネと躍らせる星羅。もはや恥じらいも理性もかなぐり捨てて、ひたすらおんなの本能を曝《さら》け出している。

年若い美人保育士を縛る世俗的な性倫理観、おんなの矜持《きょうじ》からも解放され、艶めかしくも際限なく内面から光り輝くのだ。

タガが外れたと言えばそれまでかも知れないが、色っぽいことこの上ない。

けれど、このままでは俊作も道連れに果ててしまいそうだ。射精したいのはやまやまだが、もう少し彼女とのセックスを愉しみたい思いもある。

「星羅。この極上のおま×こを違う体位でも味わわせて欲しい！」

俊作が望みを口にすると、くねらせていた蜂腰がゆっくりと穏やかになっていく。

「ごめんなさい……。星羅のおま×こ、気持ちよくありませんでしたか？」

急に表情を曇らせて、不安げな声を漏らす星羅。その唇を俊作はやさしく奪い取る。

そうではないのだと、やさしい口づけで伝えた。

「安心して。星羅のおま×こ、最高に気持ちいいよ……。むしろ、こっちの問題でね。年のせいもあって、そう何度も交わることができないんだ。だから、一度のセックスでできるだけ愉しみたくて」

長い口づけを終えた後、素直に俊作は謝った。その言葉に安心したのだろう。星羅がその細くしなやかな腕を伸ばし、俊作の首筋に巻き付けてくる。その頭を自らの胸元へと押し下げ、やわらかなふくらみに着地させてくれる。

反射的に俊作は、乳首を口腔に咥え込みペロペロと舐めはじめた。

「あ、あぁ……俊作さぁん……。素敵です。とっても素敵。やさしくて、カッコよくて……。あ、ぁん。はぁ……だから、星羅は夢中に……」

やわらかな女体がさらに熱を持って俊作にしがみついてくる。零れ落ちる言葉を啄むように、その桜唇を俊作は舐め取る。

「むふん、ほふぅ……し、してください……。違う体位でも……星羅はもう、俊作さんのものですから何をしてもいいのですよ」

悩ましく甘い言葉を吐く星羅。艶冶《えんや》ににっこりと微笑む彼女に、俊作は頷き返すと、ゆっくりと肉棒を女陰から引き抜いた。

「あぁ、俊作さぁん……。はぁ、はぁ、あぁ……」

ズルズルっと引き抜かれる切なさに星羅が呻く。肉棒が抜け落ちた途端、力尽きたように俊作の腕の中にすがりついてくる。

「ああん。こんなに何度もイかされるのはじめてです。恥ずかしい……。本当は、こんなに淫らじゃないのですよ。俊作さんが上手すぎて……」

言い募る美人保育士にやさしく頷きながら俊作は、その女体をくるりと裏返しにすると、バスタブのヘリに両手をつかせた。

（きれいな背中……。お尻も桃のようで、なんだか美味しそうだ……!!）

こちらにお尻を突き出す形となった後ろ姿は、何ともいえず艶めかしい。しっぽりと濡れ、純ピンクに染まる背中やヒップラインは、これまでに見たどの女体よりも可憐に思える。

逸る肉棒が疼いたが、それでも俊作は、すぐに挑みかからず、じっくりとその姿を視姦した。

9

（この先、星羅より若いおんなの裸を直《じか》に目にすることはないだろうな……）

ふと、そんな感慨を抱いたが、俊作にロリコン趣味はない。ただでさえ星羅とは二周り以上も年が離れているのだから、これ以上若さを求める意味はない。

実際、星羅の女体は、瑞々しくも若々しい上に、しっかりと成熟している。

そんな値踏みでもするようないやらしい視線を彼女も感じているのだろう。時折、不自然に、お尻が左右に揺れている。すっかり火照り切った女淫は、いつエッチな悪戯を仕掛けてくるかと待ちわびて、欲情に疼かせているのだ。

「ああん、もう俊作さん、意地悪しないでください。星羅にこんな恥ずかしい恰好をさせて、いつまで放って置くつもりですか？」

ついに焦れた星羅が、瑞々しい女体をくねらせ俊作の方に美貌を向けて抗議した。

「ああ、ごめん、ごめん。あまりに眼福だから……。この姿をしっかり脳裏に焼き付けておきたくてね」

クスクス笑いながらゆっくりと手を伸ばし、掌に包み込むように逆ハート型の媚尻に添えた。

「あんっ！」

おんなの悦びを幾度も刻まれた柔肌はよほど敏感で、弾力たっぷりの尻肉を十指で潰しただけで、ビクビクンと派手に反応を示す。

「こんなにお尻も敏感なのだね、ほら……」

乳房とはまた違った感触。みっしりと肉がつまり、ツルスベで重々しい。その媚尻をねっとりとした手つきで撫でまわしてから掌に揉み潰す。

「はうん、そ、それは、何度もイッてしまったせいで……。うふん、か、カラダに火が着いて……んふん、あ、ああっ……」

早く肉棒が欲しいとばかりに呻く星羅。浴槽のヘリを両手で握り締め、お尻を突きだすようにして待ち侘びている。俊作もたまらずに、逆ハート形のお尻に、容赦なく屹立を突き立てた。

若牝の背中に覆いかぶさる形で、俊作はずぶずぶずぶっと勃起肉を埋め込んでいく。肉襞にたっぷりと付着した愛液を切っ先でこそぎたて、膣奥を目指す勢いだ。

「きゃううううううううううぅぅっ！」

挿入されただけでイキ極めたかのように啼き叫ぶ星羅。背筋に走る緊張も絶頂時のそれに近い。

その間も俊作は、細い肩を抱き締め、貌《かお》をショートカットの髪に埋め、陶酔しきった息遣いを繰り返す。

「ああ、やっぱり星羅のおま×こ、熱い！　咥え込んだ途端ち×ぽをキュッと食い締めてくるのも堪らない。ぐううぅ、ち×ぽが蕩けそうだ!!」

瑞々しい膣肉は、すっかりと馴染んでしまった肉棒を心ゆくまで味わうように絞り込んでくる。あるいは牝の本能が、子宮で牡の精を浴びることを望んでいるのかもしれない。

「ああ、素敵ですっ。本当に気持ちがいいの……。逞しい俊作さんのおち×ちん、癖《くせ》になってしまいそうです」

「おおっ。星羅のおま×こ、ち×ぽに咬みついているぞ！」

「し、知りません……。そんないやらしいこと、言っちゃいやです……」

やわらかく肉棒全体を包みながら、媚肉がさらに奥で咥え込むような感触。しかも繊細な女陰は、別の生き物のように蠢き、その伸縮を繰り返すたびに、肉びらまでもがヒクヒクと肉棒の付け根に纏わりついてくる。

まだおんなとして熟れはじめたばかりなのに、まるで熟女のようなこなれ具合で俊作を篭絡《ろうらく》しようとするのだ。

「ぐううっ……。本当に具合がいいっ……。亀頭部も、幹も、付け根も、全部をきつく絞めつけて、ああ、気持ちよすぎて……！」

ついには蜂腰をくねらせて、肉柱を蕩かしにかかる若牝。絶妙な愉悦をもたらされ、たまらずに俊作も腰を使いはじめた。

ぶぢゅ、くちゅ、ぢゅちゅっと、うねくるぬかるみに抜き挿ししては、美牝の反応を見て腰を捏ねまわす。

「せ、星羅もです……。俊作さんのおち×ちん、あっ、あ、あぁ、星羅、忘れられなくなるぅ～～っ！」

間断なく打ち込む老牡の腰使いは、どんどん激しいものに変化していく。

逆ハート形の美尻に、思い切り自らの腰部をぶつけ、ぱん、ぱん、ぱんと乾いた音を響かせ、猛然と美人保育士を抉った。

「あうぅっ、それ、いいっ！　ああ、効くぅ……」

体を折り曲げ、左手でたわわに実る乳房を捏ね回し、右手はすべやかな太ももを乗り越え、合わせ目のすぐ上についた肉小豆《にくあずき》を弄ぶ。ベーっと伸ばした舌も白い背筋を這わせる。持てる全てを使って、俊作は瑞々しい女体を貪っていく。

「はあああぁん、ダメです。あぁ、それダメぇ……。気持ちよ過ぎて、星羅、またイッちゃいそう……」

美牝が声を震わせ、絶頂が兆したことを告げてくる。その予兆は肉棒でも感じている。一突きごとにぬかるみがひどくなり、蠕動《ぜんどう》も激しさを増していくのだ。

「ひふん！　ぁおぉ、いい、ねえ、いいのぉ……星羅、もうすぐです。もうすぐ大きいのが来ちゃう……。俊作さんも一緒に……」

「ぐわぁ、も、もう我慢できない……。でも、このまま中出ししていいのかい？」

ゴムなしで射精するリスクを負うのは、彼女の方だ。保育士である星羅に、その認識がないはずはない。

「大丈夫です。さっきも言った通り、星羅はもう、俊作さんのものですから……。膣《な》内《か》に射精《だ》してください。星羅も欲しいのです。俊作さんの熱い精子……ねえ早くぅ、あぁん、イクうううううぅっ！」

正直、自分におんなを孕《はら》ませるだけの能力が残されているかは定かではない。全くないわけではないだろうが、可能性は限りなく低いだろう。

（万に一つ、星羅ほどのおんなを孕ませられることができるなら、それはそれで本望だ……！）

頭のどこかで、身勝手な声が鳴り響いている。無責任ではない。全てを投げ打つ覚悟はできている。

刹那的ではあっても、命を燃やすほどの真剣さで星羅を抱いているのだ。

「俊作さん、いつでも、イッて……イッてください……。星羅の中で……いっぱい……我慢せずに……。あうぅっ、あぁん、お願いですから、あああぁぁ……」

むしろ星羅は、俊作の子を孕みたいとばかりに、膣内射精をおねだりしてくる。その肉体までが受胎を望むかのように、降りてきた子宮口で、ぢゅっぱ、ぢゅっぱ、と鈴口を吸いつけてくる。膣肉の食い締めと、襞々のくすぐりとの交互の甘い誘惑に、俊作の最後の理性が粉砕された。

「ぐふぅ……。本当にもうダメだ。射精《イ》くぞ！　星羅の膣中《なか》に射《だ》すっ！」

大きく肉塊を引き抜き、一転して激しく埋め込む。何度も大きなストロークを繰り返す。悦楽の業火が発射の火縄に点火するまで、本気の律動で打ち付ける。

美人保育士は、必死にバスタブにしがみつき、老狼の抽送《ちゅうそう》を受け止めている。

「ぐおおおおっ、射精《で》るぞ！　射精《で》る……っ！」

雄叫びと共に、ぐいと腰を迫り出し、亀頭を子宮口に密着させて劣情の源を吐き出した。

「あああああぁぁぁ!!　星羅もイクぅ……。あぁぁぁ……俊作さん……はぁぁ……ああああぁぁんっ！」

射精の間中、俊作は我知らずのうちに、両腕で星羅の下腹部を抱え込み、それまで以上にぐいぐいと引きつけた。自然、美牝の股は大きく開き、強く引きつけた分だけ挿入が深くなる。結果、鈴口と子宮口は、それまで以上に密着して、直接口移しで、ぐびり、ぐびりと体液を呑み込ませた。

「あぁ、星羅の子宮が、俊作さんの熱い精液をいっぱい呑んでいる……あああ、素敵、こんなに俊作さんとひとつにぃ……っ！」

艶めかしく牝啼きする星羅は、凄まじい連続絶頂に押し上げられているらしい。その真っ白となった脳裏で、精液で子宮を満たされながら、そのまま俊作と蕩け合い一体となっている感覚を味わっているらしい。

「おおおっ……星羅の……あ、熱い蜜が、ち×ぽに降り注いでいる！」

ぶびりっと淫らな水音を立て逆流する淫汁。それは自らが射精した牡汁と多量に星羅が吹き零した蜜液が混ざりあった白濁液だ。

「あぁん。俊作さんの精子、零れちゃう。星羅の子宮、溺れそうなほどいっぱいに充たされています……孕んでしまいそう」

振り返った美貌には、悪戯っぽい微笑と共に、おんなの満足が艶めいている。

かけがえのない煌めくような時間を与えてくれた彼女に感謝しつつ、俊作はその瑞々しい唇にやさしく口づけした。

第三章　むちむち義妹の肉悦ご奉仕

1

「俊作さん。好きです。好き、好き！」

俊作の太ももに跨り、奔放に腰を振る星羅。ツルスベの尻朶《しりたぶ》が、何度も俊作の太ももの上を滑っていく。整った美貌が、淫らによがり崩れている。

こうして対面座位で交わるとピチピチの絹肌が、俊作のカラダのあちこちに擦れ、気色いいことこの上ない。

星羅のアパートの近くで食事を済ませ、彼女の部屋で濃密な時間を過ごしている。

時間が止まるのではと思えるほどスローペースで愛し合うのが、俊作のやり方だ。

「んふっ、んん……。あぁん、俊作さんのおち×ぽに星羅のおま×こ、拡げられて切ない」

ムリなく長持ちさせるには、この体位や寝バックの体勢が一番だ。

何よりも、翌日の俊作の〝痛み〟も少なくて済む。

老体に鞭打つと、翌日（もしくは二、三日後に）、腰や足などのあちこちが痛くなるのだ。情けないことこの上ないが、それでも星羅を悦ばせることが叶うならそれも致し方がない。とにかく悔いのないセックスが望みなのだ。

残念ながら由乃とは、あれから連絡を取っていない。なにも言ってこないところを見ると、新たな男と上手く行っているのだろう。

その寂しさは、星羅が埋めてくれている。否、それ以上の充足をもたらしてくれているのだ。

由乃と星羅を比べるつもりはないが、甘え上手で甘やかし上手でもある星羅は、俊作を悦ばすことに長《た》けている。

けれど、俊作には一つだけ気がかりがある。

いずれ星羅も由乃同様、俊作の元を離れていくだろう。孫ほども年の差があるのだからそれも仕方がない。正直、星羅を引き留めるだけのものが俊作に残されているかどうかも我ながら疑問でならないのだ。

しかし、そうとは判っていても、いざその時が来るのが正直、怖い。極論すれば、一人死に逝《ゆ》くような恐ろしさにも近い感覚なのだ。大げさと言われるかもしれないが、それほどまでに俊作は星羅を強く愛している。

その一方で、やはり老い先短い自分が、まだ年若い星羅のパートナーにふさわしいとは到底思えない。むしろ、早いうちに、これ以上深入りしすぎないうちに、ふたりは距離を取るべきだとさえ思うのだ。

（これが老いらくの恋のジレンマか……）

星羅のことを大切と思えば思うほど、切ない堂々巡りがいつまでも続く。反面、それは、俊作自身が望んだ「もう一度、恋愛がしたい！」との思いが叶った証拠でもあるのだろう。

「あぁぁ、はぁぁぁん。俊作さん、あぁ、俊作さぁん」

甘く啼き啜る若牝の口唇をぶちゅりと老狼はその唇で塞《ふさ》ぐ。お互いに舌で相手の口を掻き回すのだ。

「むふぉん、ぬふぅ……おおん、んんっ」

愛らしい小鼻を膨らませ息を継ぎながらも、星羅はその蜂腰を悩ましく揺すらせている。対面座位での結合では、決して大きな動きにはならないものの、美尻を揺すり続けるのだ。

俊作のだぶつき気味の腹に邪魔されながらも、背中に腕を回して逃がさないように抱き締めたまま腰を小さく揺する様は、獲物を捕らえて放そうとしない女郎蜘蛛《じょろうぐも》さながらだ。

必死にすがりついてくる彼女に、愛されている実感が湧く。

とはいえ、由乃といい星羅といい、これほど年の離れた俊作のどこに惹《ひ》かれているのか。自分なりの解釈では、積極的にアプローチしてくる男が減っていると同時に、同年代の男たちに疲れていた彼女たちの心の縦糸を揺らせることに成功したのかもと考えている。

修羅場を潜り抜けた男は、実際におんなを惹きつけるいい匂いを放つものだと聞いたことがある。いわゆる危険な香りという奴だ。

俊作も、修羅場ならいくつも潜り抜けている。むろん、暴力ではなく、世を渡る上での修羅場だ。

お陰で、多少のことなら物事に動じなくもなった。まだまだ若いモノには負けられないとの気負いにも似た矜持《きょうじ》も、そんな経験から生み出されているのだろう。

（結局、男の魅力は強さとやさしさだ。昭和の古臭い価値観と言われようとも、それは今も昔も変わらない……）

現に、それを体現できているからこそ、由乃や星羅を抱くことができたのだ。

「ああ、はぁ……っ。あぁっ……あっ、あぁっ……はぁん」

熱い吐息を漏らしながら美人保育士の腰つきは勢いを増していく。その蠢きの度に、鋭い性感を得ているのだろう。膣胴が激しく引き絞られる。

「おおっ。やっぱり星羅のおま×こは活きがいい。入り口だけじゃなく、奥の方までギュッと締め付けてくる……。おおぅ」

最奥にあるポルチオに自ら擦り付け啜り啼く星羅。彼女の愉悦が、そのまま俊作の肉棒を虜にしている。

「すごいね星羅。おま×こが、どんどん淫らになっていくようだ。気持ちが良くて堪らないのだろう？」

「あぁあん、もう、イヤです。言わないでください……。自分でもふしだらなことは判っています。でも、止められないのです……。あぁん、俊作さんのおち×ぽで星羅イキたいのぉ」

羞恥する牝貌《めすがお》を隠そうと、俊作を抱き締める腕にさらに力が込められる。細い腕のどこにそんな力があるのか、お陰で牡牝の性器がこれ以上ないというくらい緊結する。

汗まみれとなった絹肌が、俊作のあちこちに擦り滑るのが気色いい。大きくやわらかな乳房が形を変え、俊作の突き出た腹が作る隙間を完全に埋めている。

「あ、ああああぁん、あん、あぁん、ああああぁぁぁっ」

あまりにも色っぽく乱れる星羅に、俊作はこのままでは加齢による認知症よりも先に、色ボケしてしまいそうだ。

自嘲しながら俊作は、目前の美しい鎖骨にしゃぶりつき、窪みに溜まった汗をペロペロと舐め啜る。

「あはぁぁ、ダメです。感じちゃう……。あ、はぁぁん……あああああぁぁぁんっ！」

悩ましいピチピチの太ももにゴツゴツした手を伸ばし、強めに揉みしだく。

「やぁん、あ、はぁん、あぁあっ、はぁ、はあぁぁ……」

さらに手を滑らせて、尻朶を左右に割るようにしてぎゅっと握る。指を伸ばして大きな谷間に添わせると、さすがに桜唇から拒絶の声が漏れた。

「いやん。ダメです。そこは、ダメぇ……。俊作さん、ああ、そこは……」

むずかる美牝を無視して指を進め、秘密の窄まりに触れてしまう。そのまま尻孔に指先を突き入れる素振りを見せながら、グイっと腰を突き出して、美人保育士の最深部に亀頭部を穿《うが》たせる。

「きゃううううぅっ……。あはぁ、だ、ダメなのに……。ああっ！　そこはもうダメです。ねえ、俊作さん、許してください……はあああぁん！」

頬を強張らせ懇願する星羅にもかかわらず、無慈悲に俊作は指先を谷間に突き立てる。もう一方の手をつるすべの太ももに回し、強く引き付けるようにしながら、再び腰を押し付けた。

「あぁぁ、そんな……入れちゃいやっ！　いやあああああああぁぁぁっ！」

裏門を指先にこじ開けられ、第二関節まで埋め込まれて狼狽する星羅。反射的なものなのか判らないが、それ以上の指の侵入を拒もうと括約筋《かつやくきん》に力が入り、キュッと肛門が窄まった。途端に、膣孔までがキュンと窄まり、挿入《はい》っていた肉柱が根元から喰い締められる。

「うおっ。ぐうううっ。すごい締め付けだ。指もち×ぽも痛いぐらいに……」

「ああん、言わないでください。ああああぁぁ、そんな、恥ずかしい！」

きつい締め付けに俊作も歯を食いしばる。下腹部にもぐいっと力を込めて、膣内を撹拌させる。指を裏孔でくねらせながら何度も腰をずり動かす。

興奮のあまり、もはや自制も忘れ、見境なく動かしていく。美牝は老狼にきつく抱き着いて、ただただ送り込まれる快楽に啜り啼いている。

「あああん、いいの……。ねえ、いいの……ああ、こんなのダメなのに……ああああぁっ、いいっ！」

よほど、快楽に呑まれているのだろう。星羅の腰のうねりが激しくなった。すかさず俊作は、前後にスライドさせる動きから、下からの突き上げへと変化させる。

「はあぁぁっ、はあああああぁぁ、素敵、俊作さん、素敵です……!!」

蜂腰を浮かせ突き上げを受け止める星羅。その股間からは、ふたりが交わる音がグチュグチュと淫らに響いている。相変わらず、その尻孔には、指が穿たれ、直腸を掻き回されている。

「おおっ!!　締まる。ただでさえ窮屈《きゅうくつ》なおま×こが、ヌルヌルなのにギュッと締め付けて……。すごく気持ちがいいぞ……。おおう星羅ぁ」

「イヤ、イヤぁ……俊作さんの意地悪ぅ……あぁん、お尻の孔まで感じさせられて、星羅、おかしくなっちゃうぅぅっ」

相変わらず抗いの言葉を吐いているが、決して逃れようとせず、俊作の甘い悪戯を丸ごと受け止めてくれる星羅。そんな彼女が愛おしくてならない。

「おかしくなっていいぞ。淫らな星羅が大好きだから。もっともっと、おかしくなれ！」

見境を失くすほど興奮しきった俊作は、何度も何度も激しく腰を突き上げる。また腰が痛くなるであろうことなど意識の外に、恐ろしくバクつく心臓音にも耳を貸さず、ひたすら肉棒を抜き挿しさせる。

「星羅、すごく気持ちがいいぞ……。おま×こも、おっぱいも、まとわりつく肌の感触も、星羅の全てが気持ちいい……ああ、星羅、好きだ！　星羅ぁああ！」

「うれしい！　星羅もです。俊作さんが好き……。あぁ、好きなの……あはあぁぁっ、おおおおぉっ！　好き、好き、好き、大好きです！」

好きと言葉にする度、情感が高まるのか、それにつれて体温までが上昇していく。火柱に包まれているようで、俊作も汗まみれに濡れていくのだ。

「ああ……イクよ。星羅。おま×こに射精《だ》す……このまま膣中《なか》に……星羅ぁ！」

熱くやわらかくヌルヌルぐしょ濡れの膣肉が射精を告げられ、さらにギュッときつく包み込んでくる。口では嫌がりながらも、不埒《ふらち》な侵入者を排除しようとしない尻孔も、ムギュリと指先を絞り上げる。

丸い形をひしゃげさせながら胸板で汗まみれの双乳が滑り踊る。星羅の肉体のどこもかしこもが、瑞々しくも官能的であり、極上の性器として、俊作に凄まじい快楽を与えてくれる。

「ぐはぁぁ、星羅、射精《で》るぞ！　ぐううう射精《で》る！」

グイグイと突き上げていた腰の動きを止めて、膣奥に破裂寸前の亀頭部を止まらせて、固く結ばせていた菊座の縛《いまし》めを解いた。

刹那に、鈴口が爆《は》ぜ、悦びの胤《たね》を放出する。

「あぁ、うれしい、あぁぁ……。俊作さん……あはああああぁぁ……あ、熱い。俊作さんの精子熱すぎて星羅、イキ止まりませんんんん〜〜っ！」

さすがに若い頃のような子胤の量はない。勢いも、あの頃と比較してどうだろう。けれど、熱さだけは変わりがないようだ。その灼熱が子宮口にぶつかり、絶頂まで届いていた美牝の性感をさらに押し上げる。

全身汗でずぶ濡れの、やわらかい女体をきつく抱きしめられた星羅が、悩殺の喘ぎを部屋中にまき散らしながら、俊作の名を何度も何度も繰り返し叫んだ。

2

「痛《い》たたたた……。腰も痛いが、ふくらはぎや太ももにまでハリが……」

駅までの道中、思わず立ち止まり腰を伸ばしては、俊作はトントンと手でたたいていた。まるで浦島太郎のように、急に爺になったような心持ちだ。

星羅の若いエキスを存分に吸っている俊作なのに、一向に若返りの気配はない。必ず最後には、美人保育士に精を搾り取られているからであろうか。

「あん。俊作さん、大丈夫ですか？　昨夜、あんなに頑張るから……」

辛そうな様子に、隣にいる星羅が心配げにこちらの顔を覗き込む。

実際、とうに爺なのだろうが、体力的衰えをこれほど実感するのははじめてだ。

「それは星羅が、淫らに欲しがるからだろう。まあ、魅力的なカラダに抗えない僕も悪いのだけど」

「ああん。淫らに欲しがるなんて……。たとえ、事実としても、それは俊作さんがエッチな悪戯で星羅をおかしくするからで……」

ポッと頬を赤らめながら星羅が口を尖らせ、拗ねてみせる。その桜唇を「隙あり！」とばかりに掠め取った。

「もう！　俊作さんたらぁ……」

少し前までの自分なら、いくら人通りの少ない時間帯であっても、このように天下の往来でいちゃつくなど考えられなかったであろう。

やはり、星羅との関係に舞い上がっているようだ。

「ははは。星羅といると愉しいなあ。時間が経つのをすぐに忘れてしまう」

「私もです。俊作さんと過ごしていると、時間があっという間に……。ああ、でも、もう秋なのですね。空が高い……」

星羅の言う通り、沁みるような空の青さは、いつの間にか秋の気配を見せている。老いらくの恋に溺れていると季節は速足で巡るようだ。

とはいえ、日差しの強さは、まだ夏を思わせる。朝とは思えぬほど気温も高い。

「まさか、この歳になって黄色い太陽を拝むことになるとはな……」

自嘲気味に嗤うつもりが、ついだらしなくニヤケてしまう。それもまた星羅という若い恋人のお陰だろう。

「ああ、そうか。実感はなかったが、もしかしたら若返っているのかも……。性欲が増しているのはそのためか。この分だと、今夜も星羅を抱くことになりそうだ」

「もう。バカばっかり。そんなことを言っていると期待しちゃいますよ」

まんざらでもない表情の彼女に、下腹部がムズムズと疼いた。

(万が一、勃たなくとも星羅を悦ばせることはできる……)

七十代の三割弱がオーガズムに達するのが難しくなるとの統計があるらしいが、まだ俊作にはそれまで猶予《ゆうよ》がありそうだ。恐らく、星羅を相手にしていると、さらにその寿命は延びるだろう。

実際、近ごろの俊作は、年若い星羅を相手に性欲がいや増すばかりだった。瑞々しい肉体には、何度抱いても飽きるどころか酷く執着心が湧いてくるのだ。

肉体的な衰えは、情熱と奉仕の精神、さらにはテクニックでカバーして、いつでも星羅を絶頂に導ける自信があった。

「期待してくれていいよ！」

調子に乗ってウェーブのかかった髪越しに、耳元に唇を押し当ててやる。

「あんっ……」

不意打ちを喰った星羅が、ぶるっと身震いする。そこは彼女の性感帯の一つなのだ。

とはいえ、軽い口づけで頭の芯にまで快美感が達したような反応を見せるのは、昨夜の甘い名残《なごり》が女体に残されているからだろう。

「ああん。ダメです。こんなところで……。これから園に向かわなくてはならないのに、星羅、濡らしてしまいそう……」

人通りが途絶えていることをいいことに、そのふくよかな唇を再び奪う。上唇と下唇を交互に吸い上げながら掌でその美貌をやさしく擦る。

「あん、誰か来ちゃう……」

隠し切れない荒い息で美人保育士が訴えてくる。俊作は執拗に首筋にキスを注いで、その甘い匂いを肺いっぱいに吸い込んだ。

「うふん、あぁッ、っく……」

くすぐったさと紙一重の鮮烈な快美感が飛び散る雫のように女体に降り注ぐのだろう。声を噛み殺そうとしても、星羅の細眉は皺を刻んで寄り合い、頬は引き攣って、小さな悲鳴のような声を迸《ほとばし》らせている。

「あっ、ね、ねえ。俊作さん、こんなところでいけません……。あっ、あっ、あぁ、濡れてきちゃう」

下着を汚すことを憚《はばか》る星羅だが、その性感はどうしようもなく鋭さを増しているようだ。小さな耳を舐めしゃぶると、ビクンと女体を震わせながら泣き出しそうな表情で、立っているのもやっとの状態になっている。

その素晴らしい反応に、俊作は掌を胸元へと運びたい誘惑にかられる。けれど、一度そこに触れてしまえば、さらにエキサイトしてしまいそうだ。

「ねえ。俊作さん。もう、許してください」

俊作は思わず喉を鳴らした。年若い彼女は、与えられる官能にどう対処していいのか判らないのだろう。ただひたすら立ち尽くし、欲望と官能の疼きを抑えようと必死なのだ。何度肌を重ねても、恥じらいを忘れない星羅の奥ゆかしさが、俊作には堪らなく愛おしかった。

けれど、やはりここは公道であり、彼女の言う通りこれ以上のバカはできない。

「確かに待ちきれなくなりそうだ。このままホテルに星羅を攫《さら》いたいけど、メグの自慢の先生をこれ以上独占するわけにはいかないか。仕方がない。後は、夜のお愉しみにしておこう」

後ろ髪を引かれる思いで、美牝の首筋から退き、足元の覚束《おぼつか》ない様子の彼女を支えるように肩を抱いて、駅まで歩いた。

3

夜になるとようやく涼風が吹きはじめ、秋の虫たちの声が微かに聞こえてくる。

疲れた体を引きずるようにして俊作は、空を見上げると思いがけず大きな月が道を照らしていた。

「おお、満月か！　中秋の名月だな……。なのに、まだくそ暑い」

いつものコンビニで缶ビールと弁当を買い、ようやく家に辿《たど》り着いた。

今夜は、星羅は職員会議とやらで帰りが遅くなるらしく、逢瀬は叶わない。

寂しくはあるが、幾分、ホッとする部分もある。

正直、疲れているのは、仕事のせいばかりではない。いよいよ退職間近となり整理に追われていることもあるが、それよりも原因は星羅との肉体関係にある。

「やはり年甲斐もなく、ハッスルしすぎかぁ……」

今の俊作の奮闘ぶりは、いまどきは死語となりつつある、〝ハッスル〟との表現が一番しっくりくる。

「おっ。出がけに消し忘れたか？」

玄関前まで近づいて、室内に明かりが灯っていることに気づいた。とはいえ、何か妙な気もする。

「おかしいな、外灯《がいとう》まで点《つ》けて出たはずはないけれど……？」

室内の照明が外に漏れ出ているだけに留まらず、外灯まで点いていることに違和感を覚えた。

「ボロ家に空き巣でもないだろう……。明美でも来てるのかな？」

当然、一番に思い当たるのは、合鍵を持っている娘の明美だ。同時に、電気の消し忘れもありえる。疲れているため、無意識ということもなくはなかった。

ポケットから鍵を取り出しながら玄関口にたどり着くと、家の中から確かに人の気配が感じられる。

ドアノブを握ると、鍵もかけられていない。

漏れ聞こえる音は、どうやらＴＶの音声のようだ。

(電気を点けっぱなしで、ＴＶも消し忘れ、鍵もかけずに出た？　さすがにそれは、いくらなんでも……!!)

もしや空き巣かと、またしても頭をよぎったが、やはり明美である確率が高そうだ。

ＴＶは、孫娘のメグが見ているのだろう。

「ただいま。おーい。誰かいるか……？」

誰かが留守宅に上り込んでいることは確実。けれど、のんきにＴＶを見ている空き巣もないだろうと、玄関から家の中へと声をかけた。

ふいに、何か美味そうな匂いが、ぷーんと漂ってくる。やはり、明美が来ていて料理でもしてくれているのかもしれない。

「ただいまあ！」

再び、声をかけながら、玄関から居間へと移動した。

片隅には、見たことのない女性物のキャリーバッグが一つ置かれている。

「おかえりなさい！」

思いがけないくらい、甘くやわらかい声が返事をした。続いて、小柄な女性がキッチンから姿を見せる。けれど、それは明美ではなく義妹の藤原美穂だった。

「んっ。あれっ……？　美穂ちゃん！」

思いがけない人の存在に、俊作は目を丸くした。

「お義兄さん。ごめんなさい、留守中に上がり込んでいて……」

俊作の帰宅を、美穂がやさしい笑顔で包んでくれる。誰かが出迎えてくれるなど、久しぶり過ぎて、何だか照れてしまった。

「ど、どうしたの？　急に……」

勝手に上がり込んだことを咎めるつもりはない。単純な疑問を投げかけただけ。

「本当に急でごめんなさい。鍵は明美ちゃんから預かったの……。ほら、この間、こっちに帰って来たらお父さんの面倒をお願いしますって」

そう言えば合鍵の件は、明美からも聞いていた。

「こっちで部屋を探すにも、お父さんのところに泊まってもらうのが一番いいかと思って……。ウチだとメグがいて気も休まらないでしょう」

それが明美の言い分で、俊作も同意した記憶がある。

「私、正式にこっちのお店に移動になって、越してくることになりました……。それで、お義兄さん。ご迷惑でしょうが、何日かここに泊めてくれませんか？　なるべく早く、引っ越し先は決めますから……」

なぜか美穂も照れ臭そうな表情で言い訳をしている。その美しさは、相変わらずだ。まさしく白百合のようなとの形容がよく似合う。

それにしても、いざとなると、いくら義兄妹とはいえ、おんな盛りの独身女性が、男やもめの家に転がり込んでいいモノなのか疑問に思う。

星羅にどう言い訳するかも気になったが、それも俊作の古い価値観や自意識が引っかかっているだけで、他人から見ると義兄妹なのだから、普通のことと思われるのかもしれない。

(結局、俺は、世間体ばかりを気にしているのかもな……)

実際、当の美穂が承知しているのだから気にすることはないのだろうし、ならば俊作から拒むことでもない。

「ああ、全然迷惑でもないし、部屋はいくらでも空いているから好きに使って構わないよ」

「ありがとうございます……。うふふ。本当はね。お義兄さんは、そう言ってくれるものとあてにしていたの」

　物腰やわらかで、落ち着いた大人の女性のオーラを身にまとう美穂。にもかかわらず、見た目にはとても四十歳とは思えない。

　元々、美穂は甘い顔立ちをしており、年齢不詳なところがある。さらには、日ごろから肌の手入れやスタイルの維持に努力しているらしいことも、明美との会話から漏れ聞いている。

「でも、本当によかったわ……。もし、断られたらホテルを探さなくちゃと思っていたから。この時間だと、それも大変でしょう？」

　俊作の返事に、ほっとした表情を見せる美穂。既に、彼女は両親も亡くしているから、他に行き場がないのだ。

「いやいや。美穂ちゃんにそんな仕打ちをしたら、明美やメグから総スカンを喰ってしまう。それにあいつも、あの世で怒り出しそうだ」

　亡くなった妻は、年の離れた妹を猫かわいがりしていたのだ。

「あぁ、お姉ちゃんがあの世で怒ると怖そう……。ねえ、それよりも早く着替えてください。お弁当なんか買ってきたところを見ると、お食事前ですよね？　お義兄さんの好きなもの作っておいたの……」

何かのスイッチが入ったかのように美穂が、まるで俊作の妻であるかのように、甲斐甲斐しく世話を焼きはじめる。

俊作が腕に提げていたジャケットを受け取り、ハンガーにかけたかと思うと、すぐにキッチンへと向かうのだ。

「ああ、ありがとう。じゃあ、着替えてくる……」

容姿はあまり似ていなくとも、そこはやはり姉妹。美穂の甲斐甲斐しい所作《しょさ》の節々に亡き妻の面影を見つけ、俊作は何となくこそばゆくも微笑ましい思いがした。

4

「ふぅっ……。久しぶりに食べ過ぎなくらい食べた……」

いつもの部屋着代わりの甚平《じんべえ》に着替えている俊作は、くちくなった腹をポンポンと叩いてみせる。

「美味かったよ。ご馳走さま！」

調子よくお世辞を言ったつもりはない。掛け値なく、美穂の手料理は美味かった。

けれど、それが味気ないコンビニ弁当であっても、義妹の美貌を眺めながら食べる食事は、有名レストランのフルコースより贅沢と思うに違いない。

「お粗末さまでした……。お義兄さんのお口に合ったようでホッとしました……。もう一杯どうですか？　少し私も呑み足りないから……」

ビールの空き缶を振ってみせる彼女に、俊作は大きく頷いた。

一瞬、明日のことを考えはしたが、それよりもこの美しい義妹を眺めていたい。

シャワーを浴びて、ほんのり肌をピンクに染めている美穂。人一倍、透明度の高い美肌の彼女だから、いつもに増して色っぽいことこの上ない。

義妹は、洗いざらしのTシャツに、キレイめのカジュアルなショートパンツという、ラフな格好に着替えている。

恐らく、俊作に見られることも意識して、緩すぎずにラクのできそうな部屋着代わりをチョイスしてきたのであろう。

「うん。美人の美穂ちゃんと呑むビールは殊のほか美味い」

新たに注がれた琥珀色の液体を喉の奥に流し込みながら、美しくも色っぽい美穂のカラダをチラ見している。

酔いが回ってきたせいか、幾分、理性が揺らいでいるのかもしれない。それ以上に、義妹の女体が魅力的なのだともいえる。

あまりお目にかかれない美穂のルーズな着こなしが、清楚感を残しながらも艶やかなのだ。普段は肩にふんわりとかかるセミロングの髪を今はフェミニンに後頭部にまとめ、その白い首筋からもはんなりとした色香を匂わせている。

にしても、こういう格好をすると、美穂がその高い美意識で節制していることがよく判る。

アラフォーになっているのに、ほとんど女体に崩れなど見られないのだ。

年と共に、だらしなさを増していく俊作とは大違いだ。

そんな彼女とこれから数日、一つ屋根の下で夜を共にすることを思うと、胸がざわめき立つ。むろん、義妹に手出しするつもりなど毛頭ない。

けれど、美穂の大人の魅力は、ただそこに佇むだけでもダダ洩れになっている。嫌が応にも俊作の目の中にも飛び込んでくるのだ。

（美穂ちゃんって、こんなに悩ましい体つきをしていたのか……）

ただでさえ美穂は年増痩《としま》せしてスレンダーだというのに、その胸元はこんなに豊かであったかと思わせるほど豊満に過ぎる。その男好きのするカラダが薄いTシャツ一枚でいるのだから堪らない。

「こうして、お義兄さんと二人で呑むの久しぶりですね……」

よく冷えたビールを喉奥に流し込み、目元を赤く染める美穂。口元のほくろが、一層艶めいて映る。

「そうだね。もしかするとサシで呑むのは、はじめてかもよ……」

「ええ。そう。確かに、ふたりではないかも……」

口元に手を置いてうふふと笑う美穂。こちらを見ているようで、見ていないようにも思える。その眼差しと上品な仕草、可憐な様子に、俊作は見惚れている。

(ああ、美穂ちゃんは、いいおんなになったなあ……。はじめてあった頃は、少女だったのに……)

妻となる前の希美から紹介された時、まだあどけなさを残した十五歳の中学生だった美穂。その頃から既に美しくはあったが、大人しく引っ込み思案な少女だった。

(あの美少女が、こんなに巨乳に……。いや、いかん、いかん。美穂ちゃんは妹だ。そんな目で見るのは、不謹慎過ぎる!)

とはいえ、俊作にお酌をするたびに、Fカップはあろうかと思しき美巨乳が悩ましく揺れる。キッチンに立つたびに逆ハート形の美巨尻が、俊作の視線を釘付けにさせるのだ。

瑞々しく若さに溢れるおんなもいいが、完熟に追熟まで重ねたおんなのグッとくる色気を目の当たりに、俊作は酒の酔いも相まって悩乱寸前だ。

　そんな義兄の淫らな視線に気づいたのか、彼女がまっすぐにこちらを見つめてくる。互いの視線はもつれあい、容易に離れようとしない。まずいと思いながらも俊作も、その視線を外すことなく、強く、熱く、激しく、美穂を貫いた。

　絡み合った視線を振りほどいたのは義妹の方だった。先ほどまでよりも、さらに頬を赤らめて、困惑したように目が伏せられた。

「あんっ！」

　ぶるっと女体が震えた。熟れたおんなの匂いが、その濃さを増した気がする。

（んっ？　まさか美穂ちゃん、発情している……？）

　薄いＴシャツ一枚では、熟れきったド派手なメリハリボディは隠しきれない。だからこそ老狼の眼を惹きつけてしまう。けれど、驚いたことに、そんな牡獣の好色なまでの興味に、義妹は明らかに反応を示しているのだ。

　太もものあたりを微妙にモジつかせ、火照りはじめた女体を半ば持て余している気配。Ｔシャツを大きく持ち上げるマッシブな胸元が、悩ましく身じろぎした。

（おおっ、美穂ちゃん色っぽい！）

　ドクン！　と下半身が瞬時に沸騰した。

視覚と嗅覚に、強烈な刺激を受けている。

ムンッと熟れきったおんなだけが放つことができるフェロモンたっぷりの淫匂が高い湿度を伴って押し寄せる。

ビジュアル的には、Tシャツをうっすらと透けさせる淫美なボディライン。すべやかに揺蕩う二の腕、今にも美巨乳が零れだしてしまいそうなルーズな襟ぐり。露出したシミ一つない眩いばかりの柔肌に、無数の汗を宝石のように散りばめ、妖しいきらめきを瞬かせている。

（ああ、だめよ！　そんな目で見ないでください……。私、困ります……）

無言のうちに、美穂は訴えている。けれど、その貞淑な反応さえもが、かえって俊作の男心に火をつけるのだ。

5

そうやってしばらくビールを飲み交わしていると、美穂がふと思いついたように言った。

「そうだわ。ねえ、お義兄さん……。疲れていますよね？　マッサージでもしましょうか。私、結構、上手いのですよ」

色っぽい表情でそう言われると、思わず別のマッサージを想像してしまう。

「そこにうつ伏せになって……」

暴走する俊作の妄想に拍車をかけるように、美穂はTVの前に据えられたカウチソファを指差している。

スエードレザーのそのカウチは、俊作が一目惚れして購入したものでシングルベッドほども広い。TVを付けたままうたた寝をするのが俊作の至福の時間だ。

その至福以上の悦びを美穂が与えてくれるというのだ。

「さあ、ほら……」

遠慮する俊作を甘く促す義妹。何だか誘惑されているような気分で、俊作はカウチにうつ伏せとなった。その背中に、いきなり美穂が跨る。

「それじゃあ、はじめますね……」

繊細な掌を大きく広げ、背筋を押してくる年下の美熟女。全体重を載せられても、まるで重いと感じない。どんなに肉感的であっても、骨格が華奢なのだ。

(きっと美穂ちゃんを抱き締めると、ふわふわなんだろうなあ……)

思わず、その抱き心地が連想された。いけないことは判っていても、妄想を止められない。

「どうですか……気持ちいい？」

「うん。最高にいい気持ち……」

おんなの力だけに多少の物足りなさはあるものの、美穂のマッサージには健気な愛情が感じられる。

ムチムチした太ももに胴を挟まれ、やわらかなお尻が背中にあたるのも堪らない。

「やっぱり、疲れているのですね。お風呂上りなのに腰の筋肉が堅い……」

強張った背中の筋肉をほぐされ、パンパンに張った腰も指圧される。特に、腰は酷使されていただけに、ため息が漏れるほど心地いい。

「美穂ちゃん、無理しなくていいからね。疲れない程度で止めていいから……」

背中と腰をラクにしてもらえるだけで俊作には御の字だ。それでも、なおマッサージをやめようとしない美穂を気遣った。

「大丈夫です。これくらい……。はい、今度は仰向《あおむ》けになって」

申し訳なく思いながらも、促される通りに仰向けになる。

「じゃあ、太ももから……」

しなやかな手指が、太ももを揉み解してくれる。

仰向けになったお蔭で、自然、施術する彼女の姿を目で追うことができた。

(うおっ！　美穂ちゃんのおっぱい、凄いことになっている!!)

二の腕に寄せられた美巨乳が、美穂が前傾《ぜんけい》するたびに強調され、悩ましくユサユサと揺れている。さすがにノーブラではないものの、悩殺の眺めに違いはない。

ほつれた髪のひと房を額に張り付け、頬を上気させる姿には、熟成されたおんなの色香がそこはかとなく漂っている。

(えっ、ああ、ウソだろう？　やばい……！)

血の巡りが良くなったところに、濃厚な牝フェロモンを浴びせられ、さらに刺激的な眺めにも挑発されては、還暦間近の俊作でも、分身が奮《ふる》い勃《た》ってきてしまう。

「あっ！」と短い悲鳴を上げた美穂の目が、そこにくぎ付けになっている。

慌てて俊作は、自らの股間を両手で覆った。

「いや、これは。ごめん。みっともないところを……」

言い訳のしようもない。まるで義妹にしゃぶって欲しいと言わんばかりに、甚平の前を大きくさせているのだ。しかも、どんなに焦っても、発情の証拠は容易に収まろうとしない。

「ごめんなさい。これって、私のせいですよね……」

図《はか》らずも義妹を謝らせる始末。

「いや、これは……その、不徳の致すところで……。義妹の美穂ちゃんに対して、失礼と言うか、節操がないと言うか……」

上体を起こし、あたふたと言い訳をする。それでいて、自分が何を口走っているのかも判らない。そんな俊作の唇に、そっと立てた人差し指があてがわれた。

はにかむような微笑を浮かべた美貌が左右に振られる。

何を思ったのか義妹は、そのまま俊作の胸板に手を当て、再び仰向けになるよう促してくる。

「大丈夫です。私だって人妻だったのですもの。男の人の生理くらい心得ています」

心持ち潤んだ瞳でそう言うと、美穂の掌がそっと俊作のいきり勃つ肉棒の上に被せられる。

「えっ？　み、美穂ちゃん？　おふぅっ！」

甚平の薄い布を持ち上げる肉棒を確かめるように、やわらかい掌が包み込む。

「しーっ。大丈夫だから美穂に任せてください」

突然、何かのスイッチが入ったかのごとく、妖艶な雰囲気を漂わせる美穂。横たわる俊作の下半身に沿うように、その身を沈ませる。上目遣いのその瞳の色っぽさに、俊作は思わずハッと息を呑んだ。

「ああ、凄い。お義兄さんのおち×ちん、こんなに硬く……。とっても逞しいのですね……。こんな淫らなことをお義兄さんにするのは、ドキドキしちゃいます」

美熟女らしい圧倒的な牝フェロモンが発散されている。濃厚な甘い匂いが、部屋中に充満していく。

甚平の上から肉棒をなぞる手つきが、ゆっくりと擦る動きへと変わっていく。

「ううっ。み、美穂ちゃん……」

堪えきれず呻きを漏らすと、義妹が微笑を浮かべる。

その瞳は妖しく潤み、これまで見たこともない美穂の艶治な表情がそこにあった。可憐さと美しさを両立させた美貌に、一種凄絶さが加わったような、それでいて艶っぽく神秘的ですらある。

（ああ、美穂ちゃんも、こんな貌を隠し持っていたんだ……）

酸いも甘いも知っている俊作だから、おんなにはいくつもの貌があると承知している。特に、好いた男にだけ見せる貌をおんなが隠し持っていることも。

けれど、美穂のことは中学生の頃から知るだけに、その貌には驚きを禁じ得ない。同時に、これまで目にしてきたどのおんなの表情よりも、俊作の欲情をそそるのだ。

「うふふ。お義兄さんったら、これくらいで蕩けた顔をするのですね。そんな顔をされたら、もっと気持ちよくしてあげたくなっちゃう」

杏《あんず》のような唇が、赤味を増した。悪戯っぽい表情をした美穂が、カウチに横たわった俊作の甚平とパンツを擦り下げていく。

そのまま俊作の膝の上に義妹が跨ってくる。

「み、美穂ちゃん……」

咎めるべきなのか、素直に身を任せるべきなのか、俊作にも正解が判らない。戸惑いと混乱に頭の中は真っ白だ。そのくせ、分身はますます意気盛んに大きく突き出している。

「何も言わないでください。美穂がしてあげたいのですから……」

ますます妖しい目をした義妹が女体を前のめりに、残された甚平の上着の隙間に掌を滑り込ませ、俊作の胸板から下腹部へとゆっくり這わせていく。

「ぐううっ、み、美穂ちゃんっ……」

しっとりとしていながらすべやかな掌が、俊作の上半身をフェザータッチでなぞっていく。途端に、全身の総毛が逆立った。触れるか触れないかの微妙なタッチとは思えないほどの快感が、ゾクゾクと背筋を走った。

由乃や星羅に施してきた焦らすような愛撫が、俊作の性感を漣立てていく。

「おおっ、ぬふっ、んぁぁ……。美穂ちゃんの掌、気持ちいい……」

やわらかくもしっとりと吸い付いてくる甘手。触られるだけで、こんなにも癒《いや》され、心地よく、かつ官能が呼び起こされていく。

「美穂の手を感じてください。温もりや柔らかさを……。やさしく、愛情たっぷりにしますから」

シルキーな声質が、俊作の内耳の性感に触れていく。

「ああ、感じるよ。本当に気持ちいい。でも、どうして……」

こんなにしっかりと勃起させ、しかも先走り汁まで滴らせているのだから、いまさらどうしてもないものだ。それでも尋ねずにいられないのは、やはり美穂が義妹である現実に気おくれがあるからだ。

「お義兄さんは、私が一番初めに男を感じた人だから……。初恋とは違うけど、男として意識したのは、お義兄さんがはじめて」

意外な答えに俊作は驚いた。義兄として慕われていた自覚はあったが、まさか男として意識されていたとは。

「でも、それは美穂ちゃんが中学生とか高校生の頃の話だろう？　それが、今ごろになってどうして」

なおも問いかける俊作に、美穂がスッと目を伏せた。

「本当は、私、数日前からこっちに来ていて、駅前のホテルに宿泊していたのです。そこで、見てしまったの……」

その告白に、俊作はハッとした。美穂が何を見たのか、心当たりがあるからだ。

駅前のホテルは、星羅との睦《むつ》ごとによく利用している。

いつも彼女の部屋ばかりでは申し訳なく、とはいえ俊作の家では明美やメグに見つかるかもしれず、逢引にはもってこいの駅前ホテルを使っていたのだ。

「そうか、見られたんだ……」

「お義兄さんったら、とっても素敵な女性をエスコートしているのですもの。その瞬間、気がついたのです。私、彼女に嫉妬していると」

なるほど何となくではあったが、美穂の心情が理解できた。かつて抱いた淡い想い。それは、〝姉の夫〟であることを理由に封じた想いなのだろう。

「おかしいですよね。二十年以上も前の想いを、どうして今ごろになってと、私も思います。でも、ダメなの。お義兄さんを他の人に取られたくないのです」

その美穂の抱いた情念や赤裸々な想いに、どう応えればいいのか、正直、俊作には判らなかった。

単純にうれしい気持ちや美穂を愛おしく想う気持ちがないと言えばウソになる。否、はっきりと言えば、下心込みで、応えてしまいたい気持ちでいっぱいだ。

けれど、脳裏をよぎるのは星羅の横顔だった。

「判っています。お義兄さんの性格だから、あのカワイイ彼女のことを裏切れないのでしょう？」

正確に、俊作の心情を読まれている。ポーカーでも恋のゲームでも、ここまで読まれていては、敗北が確定だ。

「だから、今夜、私がするのは、お義兄さんの〝お世話〟です。明美ちゃんに頼まれたことを私にさせてください」

「お世話って、これが美穂ちゃんのしてくれるお世話？」

「ええ。下のお世話だって、大切なお世話です。どうか、美穂に任せてください」

言いながら上体を起こした義妹は、身体の前で両手を交差させると、自らのTシャツの裾を摑み取り、一気に捲《まく》り上げた。

露わになったスレンダーグラマー。透明度の高い雪白の肌からは、ムンムンと匂い立つような官能美を立ち昇らせている。

大胆なカットのハーフのブラは、下端の丸みから上反りに盛り上がる熟れた胸元を悩ましく覆っている。

しかも、義妹はその場に膝立ちになると下半身に身に着けていたショートパンツもずり降ろし、セクシーなパンティを見せつけてくるのだ。

その薄布は、両サイドこそ3センチほどの幅を持っているが、股の付け根には鋭角に切れ込みが入っていて、こんもりと盛り上がる恥丘をピチリと包み込んでは、その美脚も一段と引き立てている。

「み、美穂ちゃん……」

熟年の俊作でも思わずゴクリと生唾《なまつば》を呑むほどの、素晴らしくシェイプアップされたボディ。まさしくゴージャスとしか形容のしようのない魅惑の女体が晒された。

「うふふ。ちょっぴり恥ずかしい……。こんな年増のおんなのカラダでは、若いあの人に勝てるはずないのですもの……。でも、精一杯、サービスしますから」

こう見えて美穂が勝気なことを知っている。口では謙遜《けんそん》するものの、おんなの矜持をかけてでも若い娘には負けられないと思っているはず。

美穂が俊作の頭の中を読めるように、俊作も美穂の心情が読めた。

昔から美穂のことを知っていることもあったが、そればかりが理由ではない。俊作にも、同じ気持ちがあるからだ。

口では、年甲斐もなくとか年寄りの冷や水と自嘲するものの、本心では若いモノには負けられない自負というか、気概のようなものがある。

実は、それこそが俊作のパワーの源でもあるのだ。

6

美熟女の女体が、再び俊作の太もものあたりにお尻を落とす。肉感的でありながら、まるで体重など感じさせないのが不思議だ。

女体が前のめりに頽《くずお》れ、俊作の体の側面にしっとりとした掌があてがわれる。じっくりとあたりを撫でられてから、情感たっぷりに胸板をまさぐられるうちに、すっかり俊作の官能は煽られ、同時に得も言われぬ興奮が沸き立つ。

「おうっ……おおっ、ぐうううぅっ」

「ぐううぅっ……み、美穂ちゃん！」

堪えきれず喉を鳴らすと、上目遣いに色っぽい眼差しがクスリと笑った。

「あん、可愛い乳首が固くなってきました……。うふふ。気持ちがいいのですね」

掌底に乳首をやさしく擦られると、尻穴がムズムズするような芳醇な快感が沸き起こり、ツンと小さな乳首がますます勃起していく。

その乳首に、美穂が朱唇をあてがってくる。

とろみのある唇に乳首を覆われたまま、純ピンクの舌にくるくると乳輪の外周をあやされる。

「おううううっ……。おおっ、おあぁ……」

女性が乳首愛撫に喘ぐ気持ちがよく判る。女性のように呻きを漏らすことが照れくさくて仕方がないが、どうにも我慢できない。

レロレロと舌先で小さな乳頭をあやされ、朱唇にちゅぱっと吸い付かれると、体の力が全て抜け落ちた。唯一、肉塊だけがやるせない快感に悲鳴を上げるようにガチガチに硬直を強める。

それを見透かしたように美熟女の手が密林のような剛毛を弄んでから、内ももの柔らかいところを擦っていく。

すぐにでも分身を擦ってもらえそうなのに、そうしてもらえないもどかしさ。内ももや乳首からの焦れるような快感もあいまって、俊作の勃起は猛り狂っている。

「ああ、お義兄さんのおち×ちん、元気がよくて逞しい！」

目元まで赤く染めながら義妹は、ついに猛々《たけだけ》しい塊に手を伸ばし、肉幹に指を巻きつけた。

「あんっ、こんなに硬くて、それに熱い……。ああ、それにこのエッチな気配……。高校生のころ意識させられたのは、この逞しいおち×ちんの気配だったのかも……。美穂を早く大人のおんなに成長させた源がこれなのですね」

俊作にそんな自覚はないが、確かに美穂は早熟であったと思う。折につれドキリとさせられた瞬間があったことを思い出される。

「お、覚えているよ。美穂ちゃんは、高校生くらいの頃から色っぽかったことを。でも、それが僕のせいだったなんて……っく、ぅわあぁ〜〜っ。み、美穂ちゃん！」

そそり勃つ分身に巻きついていた手指が、その恥じらいを誤魔化すようにキュウっと締め付けた。

「おっぱいがこんなに大きくなってしまったのも、お義兄さんのせいですよ……」

義妹の言い分にまさかとは思うものの否定できない。誓って美穂のことをエッチな眼で見ていたつもりはないのだが、彼女に色気を感じていたということは、無自覚の内にそういう目で見ていた可能性はある。

しかも当時の俊作は三十代半ばと、まだ精力に満ちていた頃で、若いおんなの子を触発させるだけの牡フェロモンを発散させていて不思議はない。

「ということは、美穂ちゃんのこのおっぱいを育てた僕にも権利があるのかな？」

言いながら義妹の胸元に手を伸ばすと、その甲を美穂にペチンと叩かれてしまう。

「あ、イタ！」

「うふふ。確かに、その権利の一部は認めます。けれど、まだ触らせてあげません。あくまでも美穂が、お義兄さんのお世話をしているのですから……」

さほど痛くもない叩かれた手を振りながら美穂の言葉を頭の中で反復させる。

「〝まだ〟ってことは、〝お預け〟って意味で、〝後で触らせてあげる〟ってニュアンスだよね？」

いやらしく鼻を伸ばしてニヤケてみせると、肉棒を包み込む掌がまたしてもキュッと締め付けられた。

「もう。お義兄さんったらぁ……。お姉ちゃんから聞いていたけど、本当にスケベですね」

「おううっ……。そ、そりゃあ、男だから……。美穂ちゃんのおっぱいに興味ないなんて男じゃない……ぐはあああぁぁ～～っ！」

俊作の軽口に美穂の手淫が淫らさを増していく。繊細に男のツボをあやしてくるから、込みあげる喜悦に目を白黒させずにはいられない。

肉棒に染みいる悦楽に、ビクンと脈打たせては幸福感に満たされていく。

前屈みに義妹が身じろぎを繰り返すせいで、ブラカップの隙間から乳暈の陰りが妖しく覗けた。それは見られることを意識しない無防備な姿で、だからこそ、ひどく艶《なま》めかしい。

（うおっ、美穂ちゃんのおっぱいが覗ける！　おおっ。乳首を尖らせている……？）

湧き上がる喜悦に、次々と喘ぎをあげる俊作。その様子に甘い悪戯を仕掛ける美穂も興奮をそそられるのだろう。ブラカップにひしめき合う乳房の頂点で、愛らしい乳首がしこり勃っているのが垣間見えた。

（気のせいじゃない！　美穂ちゃん、乳首を興奮に尖らせている……！）

うれしい発見に心が躍る。それは、義妹がいやいや奉仕しているわけではない証しなのだ。

彼女が離婚してから、かれこれ三年が経つだろうか。以来、ずっと空閨《くうけい》をかこっているらしい。それ故に、残酷なまでに熟れ切ったゴージャスボディに肉体的な不満を貯め込んでいるのかもしれない。

その寝かしつけてきた欲求が、俊作に淫らなお世話をすることで顕在化《けんざいか》しているのだろう。

（あの美穂ちゃんが、俺のち×ぽをいじりながら発情するなんて……。こんなことが起きるなんて信じられない……）

キツネにつままれたような気分ながら、下腹部から湧き上がる鋭い喜悦は本物だ。

「あぁ、本当に逞しいのですね……。美穂の手の中で、びくんびくんってしています……。お義兄さんの命を感じるよう」

ルージュ煌めく唇が熱い吐息を俊作の胸板に吹き付けては、乳首をしゃぶる。

竿胴部に浮き上がった血管がドクンドクンと脈打つのが、俊作の命の息吹《いぶき》を感じさせるのだろう。

「こんなに凄いおち×ちんには、もっと刺激が必要ですよね……。いいわ。もっと気持ちよくしてあげます」

ますますその眼を潤ませて美熟女の掌が、ゆったりしたリズムで上下しはじめる。

赤黒い亀頭をパンパンに張り詰めさせ、石のように固く強張り、肉皮のどこにもたるみがない肉棒を義妹の甘手がしごいていく。

「ぐおおおぅっ。おっ、おおっ、み、美穂ちゃん！」

二度三度と上下されると、切っ先から先走り汁が染み出してくる。

「ああ、お願いですから美穂と呼び捨てにしてください。淫らな美穂を今だけは妻だと思って……」

その情念を吐き出すように、美穂が熱く懇願する。

「おおう！　美穂っ……み、ほぉぉぉっ！」

発せられた雄叫びと共に、さらに先走り汁が噴き零れる。

義妹の美しい指を穢すのは申し訳なく思われたが、当の本人はそんなことなどまるで気に留めていないどころか、むしろそれを積極的に手指に絡め、潤滑油《じゅんかつゆ》として利用するのだ。

「どうですか。美穂は上手にできていますか？　こんなことをするの久しぶりだから……。強すぎたりしません？」

ずりずりと根元から上へ、上からまた根本へと、官能に緩んでいく俊作の表情を観察しながら肉棒をしごいていく。謙虚な口ぶりながら、その視線には男の生理を知るものの自信が秘められている。

「いいよ。ぐふぅ、も、ものすごく気持ちいい。ああ、美穂の手、最高だ！」

「うふふ。そんなにいいのですね？　やっぱりお義兄さんに、褒められるとうれしくなっちゃう……。もっと淫らにお世話したい気持ちにさせられます」

目元まで紅潮させた美穂が、その女体の位置を下げていく。うっとりとした表情で俊作の肉塊と正対するように身体を折った。

「美穂はふしだらですね……。お義兄さんのおち×ちん、舐めたくて、仕方がないのですから」

手指の絡めつけられている肉塊に、窄められた朱唇がぶちゅりと重ねられた。

「おわあああっ、み、美穂ぉぉぉっ！」

たったそれだけで、ぞくっと下半身に震えがきた。ねっとりと湿り気を帯びた唇粘膜の感触は、手や指以上に気色いい。

「ああ、お義兄さんのお汁、とても濃くて塩辛い……」

手を付け根に移動させ、年下の美熟女は何度も亀頭部を啄んでいく。

鈴口から沁み出す先走り汁に美穂の唾液が混ざり合い、肉傘の光沢が増す。

背筋を走る鋭い電流が、俊作の太ももを緊張させ、時折腰を浮かせてしまう。

「あん。気持ちがいいのですね。腰が落ち着かなくなったみたい……」

あんぐりと開かれた朱唇が、肉柱に被される。生暖かい感触に亀頭部が包み込まれたかと思うと、なおもずぶずぶと肉棒全体が呑み込まれる。

「うぅぉおおお〜っ！　の、呑まれる！　ち×ぽが、美穂に呑みこまれるっ！」

ヌメリを帯びた舌の感触が裏筋に絡みつく。側面には口腔粘膜が寄り添い、上顎の硬いざらつきに上反りが擦られる。肉柱の半ばあたりを唇が締め付けてくる。

禁断の義妹のフェラチオ奉仕。その心地よさと充足感で、やるせない射精衝動が込み上げる。

わずかに残された理性を総動員して、俊作は菊座を懸命に結び、切なく込み上げる射精感を堪えた。

「ぐふううううっ。ダメだよ。そんないきなり……。美穂にそんなことされたら……」

危険水域に達したと告げたつもりだが、むしろ美穂は俊作をさらに追い込もうと、その美貌を上下に振りはじめる。

付け根に添えられた手指で、やわらかく締め付け、もう一方の手は陰嚢《いんのう》を掴み取りやわやわと揉むのだ。

「うぉっ！　だ、ダメだって。射精《で》ちゃいそうなんだ。このままでは美穂の唇を汚してしまう！」

切なく込み上げる射精衝動に、オクターブの高い呻きを漏らさずにいられない。

「そんなに気持ちいいのですか？　熱いネバネバが射精したみたいに吹き出しています」

肉塊を吐きだし艶治に笑う義妹。これほど年の差があるのに、どちらが年上か判らなくなる。

「だって、美穂のフェラチオが気持ちよすぎるから……。ぐううぅ〜〜っ」

言い訳する暇《ひま》も与えられず、美穂が亀頭全体を掌で撫で回している。もう一方の手が、涎まみれの肉幹をむぎゅっと握りしめ、裏筋まで擦り付ける。やせ我慢も限界に、発火寸前にまで追い詰められるのも当然だ。

ふき零した先走り汁に濡れた義妹の繊細な指は、てらてらと下劣な糸を引きながらさらに情熱を増した。

「いいですよ。お義兄さん。美穂の手でも、お口でも好きな場所に射《だ》してください」

朱唇から漏れ出す熱い吐息が、肉勃起の先端に吹きかけられている。セミロングの髪から立ち上る甘く芳しい匂いも俊作を悩殺する。

慈愛たっぷりの許しを得た俊作は、健気に奉仕を繰り返す美熟女をうっとりと視姦しながら放出のトリガーを引いた。

「ぐうぅっ……美穂、もう……」

我慢の限界を超えた陰嚢は硬く引き締まり、放精の準備を終える。膨らみきった肉傘が猛烈な熱を放ち、悦楽の断末魔にのたうちまわる。

「いいですよ。美穂がお口で受け止めます……」

終わりを悟った義妹が再び肉勃起を口に含むと、その美貌を前後させ射精へと誘ってくれる。

まるで老成した牡獣を誑かすことで、牝獣がその矜持を満たそうとするようだ。

ふしだらな口淫のピッチが上がり、付け根を握る手指の締め付けもきつくなる。しわ袋を弄ぶ手の蠢きも淫蕩さを増した。

「うおぉぉ〜〜っ。で、射精《で》るっ！　美穂おおおおおぉ〜〜っ！」

精嚢で煮えたぎっていた濁液が尿道を勢いよく遡る。

昂奮が正常な呼吸を阻害し、体内の熱気が気道を焼いた。

「うんんっ……。ほむん……。んふんぅ……。ああ、こんなにいっぱいぃっ！」

吹き上がる精子を喉奥で受け止めた義妹が、噎《む》せるように亀頭部を吐き出すと、口腔いっぱいに撒き散らされた子種を恍惚の表情で呑み込んでいる。

あまりにも淫らで美しいその貌を見つめながら、俊作は射精したばかりの肉塊をぶるんと震わせた。

7

「お義兄さんの精液、凄く濃いぃ……。あぁ、濃すぎて美穂のお腹の中で燃えています……。やっぱり、まだまだ若いのですね。これほどおんなを火照らせるほど濃い精液を造れるのですもの……」

色っぽく頬を紅潮させた義妹は、唇の端に付着した残滓《ざんし》を薬指で集め、扇情的な仕草でなおも舐め取っている。

「ああ、ウソっ。射精《だ》しても、まだおち×ちん勃ったままだなんて……」

美穂が目を丸くする以上に、俊作自身が驚いている。たった今、射精したばかりなのに収まらない肉棒に、我ながら信じられない思いだ。

正直、由乃や星羅との睦ごとでも、こんなことはなかった。

美穂がそれだけ魅力的ということなのだろうが、それでも俊作にとっては奇跡が起きたように感じられた。

「このまま続けてもいいですか？　お義兄さんは、美穂を欲しいと思いますか？」

先ほどと同じやり取りを美穂が繰り返すのは、自らの気持ちを整理したい思いもあるのかもしれない。

義妹と義兄が結ばれるには、それ相応の障壁がある。いくら女体が火照り、発情をきたそうとも、それを踏み越えるには、俊作に望まれているという動機が必要なのだろう。

「み、美穂ちゃん。僕も美穂ちゃんのことを……」

法事の時、久しぶりに目にした美穂の姿に、密かにときめきを感じていた。あれが自分の本音なのだ。我ながら調子がいいとは思うものの、抑えつけてきた想いが間欠泉のように湧き上がるのを禁じ得ない。

「欲しいよ。美穂が欲しい。美穂のことを愛おしく思うから、セックスしたくてたまらない」

正直、星羅への想いは消えていない。その想いを封印するのは不可能だ。けれど、星羅への想いと同様、芽生えはじめた美穂への想いも封印するのは不可能と思える。ならば俊作には、このまま義妹と結ばれる以外に選択肢はない。

（しょうがないだろう。ムシがいいと思うけど、据え膳食わぬは男の恥と教わってきたのだから……）

出たとこ勝負が、俊作の真骨頂でもある。

どんな批判も甘んじて受けよう。美穂を抱けるなら、それだけの価値がある。

それが俊作の下した決断だった。

「もしかすると、美穂のことずっと好きだったのかも……。うん。あえて意識しないようにしてきたけど、きっとそうなのだろうね。だって美穂は、こんなに美しくて、セクシーで、好きにならない方がどうにかしている……」

自分の胸の内を探るように言葉を紡《つむ》ぐ。確かに、身勝手ではあるが、そこにウソはない。

「ああ、うれしい。もうだめです……。美穂のカラダ、熱く火照って……」

俊作の射精後も茎根に絡まっていた手指がふいに遠ざかると、義妹は両腕を自らの背筋に回した。胸元がより強調されたかと思うと、ブラのホックが外され、肩ひもをずらしていく。

「ああっ、やっぱり、美穂のおっぱい大きい。そして、とってもきれいだ」

俊作に魅せるため脱いでくれたのだから遠慮などいらない。正直な言葉を女体に浴びせた。

「ああ、そんなに熱く見つめないでください。やっぱり、恥ずかしい……」

その圧倒的な乳房は、スイカほどもありそうだ。しかも、見た目にも熟れていると判るほどにやわらかそうでもある。

あまりの重さに耐えかね、垂れ下がりはするものの、肌にハリがあるためだらしなさは感じない。

特筆すべきは、やはりその肌の透明度で、青い静脈を透けさせながら薄いベールを纏うかのごとく艶やかな光沢を見せている。

「きれいだ……。美穂のおっぱい。ものすごくきれいだ……！」

溜息と感嘆の声しか出てこないほど、俊作はある種の感動を覚えている。

「いやです。余計に恥ずかしくなるから、褒めたりしないでください……。大き過ぎて醜いくらいなのに。Ｆカップなんて、ブラにも困るくらいなのですよ」

愚痴のように、何気にＦカップと教えてくれる美穂は少し天然だ。けれど、彼女が言う醜さなど微塵も感じられない。

「醜いなんてことはないさ。上品と感じさせる純白の肌に包まれて、すっごく、きれいだよ……。でも、まあ、エロチックなのは確かかな……」

桜色の乳輪と同色の乳首は、ティアドロップ型の乳房と完璧にバランスが取れている。黄金比率というのだろうか、神秘的と感じさせるほど完全無欠なのだ。

「エロチックと言われるとやっぱり恥ずかしい……。でも、それって、お義兄さん好みと受け取っていいのかしら？」

頬を紅潮させた美穂が、今度は蜂腰に残された最後の薄布に手をかける。恥じらうように眼を伏せながら思い切りよくパンティを脱ぎ捨てた。

想像以上に薄い恥毛が、淡く恥丘を飾っている。繊細な毛先に透明に光る雫は、彼女が吹き零《こぼ》した愛液だろうか。

「美穂が上でいいですね？　あくまでも美穂がお義兄さんにしてあげたいのです」

言いながら豊麗《ほうれい》な女体が、俊作の上に覆いかぶさる。

「ああ、美穂のおっぱいが、胸板に吸い付く……」

白く透き通るような乳房が、意図的に俊作の上半身に擦りつけられている。

蕩ける感触に頬を強張らせながら、俊作は義妹の艶めく女体を、もう一度その目で確かめる。

「もう。そんなにジロジロ見ないでください……。美穂だって、そんなに若くありません。カラダの線も何もかもが崩れていて恥ずかしいのに……。他の若い娘さんと比べたりしていないでしょうね？」

甘い顔立ちをしていても、負けん気の強いところが美穂らしさだ。それでいてすぐに可憐な微笑を見せてくれるところが魅力でもある。

「そんなことないよ。美穂のカラダ、本当に綺麗だ。それに熟れているのも魅力だよ。おっぱいなんて、こんなにやわらかくて蕩けるようだし、左右に張り出した腰つきも悩ましくてたまらない……」

手を伸ばし桃尻を愛おしげに撫でながら、官能美の極致とも言える女体を惜しげもなく誉めそやす。それがうれしいとばかりに美穂が、俊作に抱きついてくる。

「ああん、どうしてお義兄さんに褒められると、こんなにうれしいんだろう……。しかも、エッチな褒められ方ばかりされるから興奮させられて、美穂の方がしたくなっちゃう」

覆いかぶさっていた女体が、ゆっくりと持ち上げられる。

「もう我慢できません。ここにお義兄さんのおち×ちん、挿入《い》れちゃいますね……」

俊作の腰位置に美穂が移動して、まるで蹲踞《そんきょ》するかのように左右に大きく太ももをくつろげる。

それは、彼女からすると騎乗位で結ばれるための何気ない所作であったのかもしれない。けれど俊作にしてみれば、あられもなく義妹の女陰が露わにされた瞬間であり、年甲斐もなく感嘆の声を上げてしまった。

「おおっ。これが美穂のおま×こ……」

くつろげられたむっちりとした内ももの肌は、抜けるような白さなのに女陰周囲は楕円形《だえんけい》の桃花色だ。

唇にも似た淫裂は、さらに赤みを増している。けれど、赤黒いというよりもいわゆるチェリーピンクに近い色合いで、まるでくすみがない。アラフォーのバツイチであるはずなのに使い込まれた様子もなく、むしろ初々しささえ感じる色彩だ。

細かい皺が走る女唇は、ぽってりと膨らみ、繊細な二枚の鶏冠《とさか》が縦割れを飾っている。さらに、その下に少し黒ずんだ蟻の門渡りがピンと張り、赤みの強い菊座までが目に飛びこんでくる。

「とっても鮮やかで、楚々として上品なのだね。色素の沈着が少ないせいだろうか」

「あぁん。嫌なお義兄さん。全部、口にしちゃうのだから恥ずかしいわ……。そのエッチな口をふさぐには、こうするしかないかしら……」

艶冶に微笑んだ美穂が、カウチに後ろ手をつき屹立を捕まえる。そのままいきり立つ肉棒の先端を花唇にあてがい、上下に滑らせてから壺口と嚙みあわせた。

途端に巾着状のいびつな環がひろがり、チュプッと鈴口を咥えこむ。

「おううっ……。ち×ぽが美穂のま×ことキスをしてる。これだけで、気持ちいい！」

ボリュームたっぷりの媚尻がゆっくりと降りてくるにつれ、温かくやわらかな濡れ粘膜に亀頭部が呑み込まれる。

「ぐは……っ」

「す、すごい……。お、大きい……」

俊作と美穂は、熱い吐息をシンクロさせた。

美熟女の艶腰がなおもずり下がると、予想以上に締め付けのキツイ粘膜がうねりながら俊作のパンパンに膨張した分身を包みこみ内部へと迎えてくれる。

熟れ切った一本一本の肉襞が独立して蠢き、亀頭から竿部に至るまでを様々な角度からくすぐり、やさしく擦りつけてくる。

(おおっ！　美穂の膣中《なか》に、俺のち×ぽが……!!)

ねっとりとぬめる感触は、容易く俊作を陶酔へと引きずり込んでいく。とても温かく、包まれていく部分から蕩けてしまいそうで、気持ちよくて仕方がない。

「ああっ、お義兄さんのおち×ちんが、美穂の膣中《なか》にぃ……っ」

義妹が漏らした呟きには、明らかにおんなの悦びが滲んでいる。久々の男との結合に、熟れた媚肉がさんざめいているのだろう。ヒクヒクと肉筒が締まっては緩みを繰り返すのが、その証しだ。

「ぐふうっ……おおぅっ！」

俊作は喉元を引き攣らせ、何度も呻きを漏らした。

この完熟のドロドロに蕩けたトロマンは、男を射精させるために完成された肉だ。恐ろしく締まりがいいのに、酷くやわらかく、そして凄まじく複雑で甘美なのだ。

（なんだ、このおま×こは！　わずかでも気を緩めると射精《だ》してしまいそうだ……）

目を白黒させている俊作に、やさしく美穂がエールをくれる。

「まだですよ。あと、もう少し……もっと奥まで……。まだ射精《だ》しちゃダメですよ……あ、ああんっ！」

美穂もまた、普段の清楚な彼女からは想像がつかないほど全身から性熱を放射させている。シルキーなアルトの声を淫らに掠れさせ、さらに細腰を落とすのだ。

むっちりと張った双尻が俊作の下腹部に密着した瞬間、肉棒は付け根まで美熟女の胎内に呑みこまれていた。

「は、挿入《はい》り……ました！」

声を震わせる美しい義妹。根元までずっぽり咥え込まれた感覚が、快美に背筋をざわつかせる。

「うれしい。美穂はようやくお義兄さんと結ばれたのですね」

「そうだよ。美穂と一つになったんだ。あぁ、それにしても、すごいっ。美穂のおま×こが、こんなにも名器だったなんて。気持ちいいにも程がある」

どうなっているのかと首を持ち上げ、目を凝らす俊作。節くれ立った剛直が、小さいと思えていた蜜口にぶっさりと突き刺さっている。

柔軟な膣口がパツパツに拡がっては、付け根をキュッと食い締めている。しかも、締め付けはそれだけではない。うねるような肉畔にびっしりと密生した細かい襞々が、肉幹にぴったりと密着して搾り上げてくるのだ。

「うおっ……な、何だ……？　おま×こが蠢きはじめた！　ぐわあああぁ……っ！」

誉めそやす俊作に呼応するように、膣肉がうねうねと蠕動している。動かしてもいないのに、しこたま肉柱に擦れるのだ。

「あぅん……あっ、はぁぁあぁ……。ねえ、いいの。美穂も硬くて、大きいの気持ちいいっ……。くふぅぅぅ～っ、こんなにいいと癖になってしまいそうです」

強烈な快感に俊作が肉茎をひくつかせると、美穂もおんなの密室に鋭い愉悦が込み上げるのか、悩ましい吐息を漏らした。

「本当に凄い！　挿入《い》れているだけで、こんなに気持ちいいなんてっ！」

押し寄せる悦楽に、俊作はじっとしていられなくなり、軽い女体を腰の力だけで持ち上げるように下から突き上げた。

蕩けるような女陰の甘味に、腰のハリなど感じなくなっている。

「あっ、だ、ダメです……。はぁん、あっ、あっ、あぁ……。あぁダメなのに……感じてしまうぅぅぅ〜〜っ！」

豊麗な女体を下から串刺しにして、懸命に腰部をくねらせる。抜けだした茎胴が淫靡にきらめいては、ふたたび花唇にもぐりこんだ。

結合部に溢れるぬめりが練りこまれ、ヌチャヌチャと妖しく囀《さえず》る。

「セックスが、こんなにいいなんて忘れていました。美穂の膣中《なか》を、出入りされるたびに淫らな悦びが……あぁ、あああぁぁんっ！」

艶めかしい交合に美熟女が、その体温を上昇させていく。

亡き姉の夫と結ばれた罪の意識があるのだろう。そんな自らを縛り付けていた倫理観から逸脱する解放感に身を浸している。

だからこそ、あれほど慎ましやかだった義妹が、こんなにも乱れるのだ。

後ろ手で支えた上体を反らし、たわわな胸のふくらみを高々と突きだし、艶やかな蜂腰を自らも揺すらせて、快感を貪る美穂。

「すごいわ。ねえ、お義兄さん、すごいの……。お世話しているはずの美穂が、こんなに夢中に……。いいの……あぁ、恥ずかしいのにたまりません……」

雄々しい突き上げが、さらに義妹の力を借りてスムーズになり、蕩けるような快美が何十倍、何百倍にも膨れ上がった。

「ぐうううっ、あはああっ、ふ、ふうううっ！」

これぞ美熟女に翻弄《ほんろう》されるしあわせ。美穂が腰を高々とあげれば、竿を覆う表皮が上方へ引っ張られ、雁首に熱く擦れる。

逆に先端部が、膣肉から外れそうな危うい位置から、義妹が一気に蜂腰を落とせば、亀頭から付け根までをうねる膣内粘膜に擦られ、真空状態に近くなった子宮口に肉竿全体をバキュームされる。

「ああん、太くて硬いのが……。お義兄さんのが、奥まで届いてますぅ〜〜っ」

剛直が熱くぬかるんだ胎内を満たし、袋小路でトンと震動を響かせる。弓なりに反りあがった先端が、肉路の臍側にある子宮を持ちあげている。

その手応えのたび、豊かな髪を左右に揺すらせ、苦悶にも似た表情で喘ぐ美穂のよがり貌を目の当たりにできる。

容《かたち》のよい鼻は天を仰ぎ、紅潮させた頬が喜悦に強張っていた。

（おお、美穂が、俺のち×ぽで、よがりまくっている！）

男にとってこれほど嬉しい光景はない。文句のつけようもないほどの美女が、自らの分身に溺れ官能の表情を見せてくれるのだ。

扇情的な義妹のおんな振りに、男の本能に火がつくのも当然だった。

「あううぅ……ん、んはぁぉ……おおっ、おおおおおぉんっ」

ひときわ悩ましい喘ぎ声を美穂があげた。跨る太ももに手指を食い込ませ、俊作が大きく腰を突き上げたからだ。

「ひあぁっ、お、おぉん……。だめです、は、激しいぃ……っ！」

豊かなふくらみがぶるんぶるんと激しく乱舞するたび、美穂が首を仰け反らせ天を仰ぐようにして、はしたない牝啼《めすな》きを迸らせる。

「はううっ……お、おふうぅ……ダメぇ、ああ、ダメぇっ！」

裂けんばかりに拡張された媚肉は、美穂がよがり啼くたびにヒクヒクと収縮し、とめどなく甘い果汁を溢れさせている。

義妹が絶頂間近にあることは、誰の目にも明らかだ。

「はうっ……ひんっ、ひぃっ……ひゃおおぉ！」

切羽詰まったその艶声は、悩ましさを増している。俊作の突き上げに合わせ、貪るように自らも蜜腰を蠢かせながら、身も世もなく啼くのだ。汗みどろの裸身をバラ色に染め、ムンムンとしたおんなの匂いを色濃く振りまいている。

「ひあぁっ、ああん、恥ずかしすぎます……。お義兄さんの逞しいおち×ちんに我を忘れてしまうなんてっ！」

濃厚に牝性を曝け出す美熟女の騎乗位は、まるでロデオのよう。俊作もその腰つきに合わせ、必死で腰を振りまくる。

「ああ、美穂のエロ貌たまらないよ。乱れ方も、エロすぎる！」

嗚咽《おえつ》さえ漏らしながら鋭角的な顎のラインを際立たせて仰け反る義妹。その姿をうっとりと見つめながら右手を伸ばし、美麗な乳房をゆさゆさと揉みあげた。

「おおっ、掌が蕩けてしまいそうなおっぱい！」

乳房までが欲情に張り詰めていて、肉丘に指を深く食いこませると、すぐにプルッと弾き返してくるほどだ。

「ああん、だめぇ、イキそう……。もう美穂は、イッちゃいます……！」

上気させた美貌を切なげに打ち振る美穂。あえぐ朱唇から白い歯列が、こぼれ落ちる。

「おお、ついに美穂がイクのか。さあ。イッて！　美穂のイキ貌を晒すんだっ！」

雄叫びを女体に浴びせながら、滑らかな太もも裏に掌をかませ、ぐいぐいと力ずくで女体を揺さぶる。

「あ、あぁんんっ！　だめえ、ぐりぐりしないでぇ……あ、ひっ！」

責めるたび、温かな潤み粘膜全体が肉竿にねっとりと吸いつき、うねるように肉路が甘く締めつけてくる。

淫らなまとわりつきに、俊作の余命も一気に失われた。

「ぐおおぉ、い、いいぞ……。美穂のいやらしいイキま×こ。最高に気持ちいいっ！」

目元をポウと妖しく染め、美穂はドッと汗を噴いて仰け反った。さらにごんと突き上げると、媚熟女の上体が俊作の胸板にたおやかに崩れ落ちた。

「ああん。だって本当に、お義兄さんすごい……。美穂、またイキそうですっ」

汗にまみれた乳膚が、俊作の腹上で滑り踊る。首筋にむしゃぶりつくように両手を回し、キリキリと総身を絞るのだ。

甘い匂いを濃厚に纏った美女に、しっぽりとまとわりつかれる至福を、俊作はたっぷりと味わった。

「あはぁあっ！　おっ、おおおおぉっ……。ああ、どうしよう。恥ずかしいくらいイッています。ねえ、お義兄さんも射精《だ》してください……。美穂の膣中《なか》にぃぃ〜っ！」

赤く色づいた唇が、俊作のそれに覆いかぶさる。熱い舌が口腔内で暴れ回った。貪るような口づけに、牡獣は頭に血を昇らせ、腰の突き上げを激しくさせた。

「うふぅっ……ぐうぅっ、み、美穂ぉぉぉおおおおおおぉ～～っ！」

淫獣らしく欲望剝きだしの唸り声を零しながら、逞しい突きを送り込む。

ギリギリまで膨らみ上がった肉塊が爆発しそうだ。

「ああ、くるのですね。お義兄さん、射精《だ》してください。美穂もまたイキますっ！おほおぉ～～っ。あっ、あっ、あああああああああぁぁ～～っ！」

牝獣の官能の嗚咽が、激しく切羽つまった調子となった。イキっぱなしの女体が、ガス欠の車のように痙攣を起こしている。

「射精《だ》すぞ！　ぐわあぁあぁぁ～っ、美穂！　み、ほおおおおぉぉぉ～～っ！」

やるせない衝動に急き立てられるように俊作は最後の突き入れを送るや、本能の囁くまま、美しい義妹の最奥に切っ先を運び、縛《いまし》めを解いた。

堪《こら》えに堪えた射精感が、腰骨、背骨、脛骨を順に蕩かし、ついには脳髄までドロドロにして突き抜ける。

「ぐうううっ、おうぅっ、おうっ、おふぅぅぅっ……」

吐精の断末魔に荒い息と声が漏れる。種付けの充実が胸に込み上げた。

（ああ、射精《で》ている！　美穂のなかに、義妹の熟ま×んこに射精《だ》している……！）

その事実を嚙み締めるだけで、禁断の愉悦が膨らんでいく。射精痙攣に肉塊が躍るたび、美穂も淫らにびくびくんとイキ乱れていた。

「お義兄さんの熱い精液が、美穂のなかに……。子宮が、いっぱいに充たされて……。ああん、まだ射精《で》るのですね。いいわ。全部、射精《だ》してください……」

精子全てを搾り取ろうとするように、媚肉がやわらかく締めつけてくる。

甘く痺れきった肉塊は、凄まじい射精発作を繰り返し、ようやく全てを放出した。

全身から急速に力が抜け、ドスンと腰部をベッドに落とした。

「ああっ、お義兄さん、大丈夫ですか？　すごく、よかったです！　美穂、こんなにイッたのははじめてかも……。うふふ、悪い人。そして、やっぱり素敵な人」

俊作の腹上に気だるげにしなだれていた女体が、ゆっくりと持ち上げられていく。

たっぷりと気をやった美貌は、見紛《みまが》うほど美しく紅潮している。

「ああ、大丈夫。最高にしあわせなセックスをありがとう……。うん。美穂も気持ちよくなれたのならよかった！」

心からの感謝と共に、俊作は素直な想いを告げた。

その気持ちが伝わったのか、義妹は抜け落ちて急速に縮んでいく肉竿を、やさしく朱唇に咥えてくれた。

「うおっ、み、美穂っ？」

僅《わず》かに肉筒に残された精の残滓を美唇で処理してくれるのだ。

射精したばかりの分身は、ひどく敏感で、ぬるりとした唇粘膜がくすぐったく感じる。

「ありがとう。美穂」

もう一度、感謝の言葉を口にすると、潤んだ瞳がやさしく頷き返してくれた。

終章

「ああん、俊ちゃんたら美穂さんにばかりズルいです……。星羅のことも構ってくださいっ！」

星羅が甘えた声で〝俊ちゃん〟と呼ぶようになったのは、いつからであったか。

お尻をこちら側に四つん這いのまま、首だけをこちらに向け、美人保育士がふくれっ面に不満を漏らす。

「うむッ……」

真っ赤に染まった美貌をのけぞらせ、美穂がギリギリと歯ぎしりをしている。ズーンと最奥までえぐり抜かれた衝撃で、頭の中が真っ白になっているらしい。

仰向けに大股にくつろげられた女陰には、獰猛《どうもう》な淫具が突き立てられている。

「美穂にばかりにしているつもりはないけれどなぁ……。じゃあ、星羅にはもっと激しくしてあげようか」

星羅の女陰にも、美穂と同じ淫具が埋め込まれている。そのスイッチを親指で操作して、より強い刺激へと切り替えた。

途端に、瑞々しい女陰からくぐもった振動音が大きくなる。

「あうッ……あッ、ああん……俊ちゃん……っくふうッ」

強烈なバイブの振動に共鳴して、子を宿したことのない星羅の肉環がブルブルと痙攣する。

官能の芯を直接襲う、淫らな振動とうねりに、美人保育士の頤がぐんと天を衝いた。白い肌がみるみるバラ色に染まり、ジットリと汗に濡れていく。

「ほら、言わんこっちゃない。美穂と競う気持ちは判るけど、ムリするなよ……」

全裸の男女三人が、俊作の家の居間で、こうして淫らな時間を過ごすことになったのは星羅の提案がはじまりだ。

あれからすぐ、美穂との同棲を美人保育士に報告した。

すると、あっけらかんと「星羅は構いません。一緒に愛してください」と告げられてしまったのだ。

別れ話になると思い込んでいた俊作は、正直、呆気に取られた。同時に、珍しく慌てもした。

星羅が怒り出すこともなく、別れずに済みそうな雲行きに、安堵したのは事実ながら、今度は美穂が何と言うか心配になったのだ。

「それは、あなた次第です。美穂のことも星羅さんのことも平等に愛してくださるなら異存ありません」

まさかの義妹の返事に、俊作は年甲斐もなく小躍りするほど嬉しかった。と同時に、一抹の不安も覚えた。

若い頃であればともかく、今の自分にふたりのおんなを平等に愛せるだけの力があるのか。気持ち的にはともかく、体力的な問題が一番だ。

とはいえ、もはや俊作に選択の余地などない。

文字通り、命の限り美穂と星羅を愛そうと決めた。

もっとも、星羅は二十四歳と娘の明美よりも若いだけに、由乃の時と同様、束縛するつもりはない。いずれ星羅にも、もっとふさわしい恋人ができるだろう。それまでの間、俊作が誠心誠意愛してやればいいと思っている。

ちょっぴり怖いのは、美穂の方で、星羅の返答を打ち明けた時から、俊作のことを「あなた」と呼ぶようになっている。年嵩《としかさ》の自覚もあってか正妻のようなのだ。

だからこそ、美穂と星羅を引き合わせる席では、一番俊作が緊張を強《し》いられた。

ところが、星羅は美穂のことを「姉ができたみたい」と喜ぶ始末。美穂もまた、星羅のことを気に入ったようで、それこそ妹のように接しはじめたのだ。

若さに任せた星羅の多少の我儘《わがまま》も、美穂はやさしく許している。

結果、三人で睦み合うことを言い出した星羅の提案さえ承諾することとなったのだ。

そして今、それが現実の事となっている。

「漁夫の利と言うか、天から小判と言うか、棚から牡丹餅と言うべきか……。とにかく一番得をするのは僕のようだね」

あまりの幸運に、腹上死しても構わないとさえ思えたが、それでは彼女たちに大きな負担とショックを与えそうだと、少しは自重するつもりでいる。

そこで用意したのが、この二本の電動バイブだった。

ねっちこくバイブを使うなど、官能小説に出てくるエロ爺のようで気が進まなかったが、よく考えてみると誰がどう見ても自分はエロ爺なのだから何を今さら気にすることもない。

美穂と星羅の同意さえ得られれば、年齢を補う補助具の一つと考えればいいのだ。

半ば開き直り俊作は、悪びれることなく、二人にこれを使う許可を求めた。

興味津々な表情で、あっけらかんと許してくれたのは星羅。若さとはそういうものなのだろう。少し、気後《きおく》れした素振りながらも「星羅さんが、いいのであれば……」と、赦《ゆる》してくれたのが美穂。美貌を赤く染め恥じらいながらも、星羅同様、好奇の色をその瞳の奥に浮かべていた。

「どうだい、美穂？」

淫具の根元を握りしめたまま、うわずった声で俊作は尋ねた。こちらも興奮で汗びっしょりだ。

「無機質な張型《はりがた》に犯される感想は？　まんざらでもなさそうだけど……」

「ああん、いやらしい言葉を浴びせないでください……ううッ……」

「星羅は、どう。これくらいの刺激で気持ちいい？　もっと、よくしてやれるよ、星羅。我慢せずに、いっぱいイッていいから」

俊作は、宮本武蔵よろしく二刀流で、ゆっくりと張型を操っていく。とはいえ、興奮任せに荒く使うようなまねはしない。一定の速度を保って膣に出し入れして、膣天井の小丘も忘れずに責めてやる。

「そんな……ダメですッ……あぁ、あなたぁ～ッ！」

ねちねちとしたバイブ責めに先に大声で牝啼きを晒したのは美穂だった。

軛《くびき》を切ったのは、子宮口への愛撫だ。その部分が媚熟女の啼き処であり、甘い痺れを生み出せる性感帯と俊作は心得ている。それだけに淫具の先端をそうっと嵌《は》め込んでやると、新鮮で甘美な電流に打たれあられもなく身悶えるのだ。

「ああん。ズルい。やっぱり、美穂さんばかり。星羅にももっとしてください。恥ずかしいのを忘れさせてぇ」

ハート形の美尻を愛らしく振って求める星羅に、俊作は苦笑しながら頷いた。

「ああ、ごめん、ごめん。じゃあ、ほら、星羅も奥の方を突いてやろう」

ぬるん、ぬるんと丹念に繰り返していた女陰への抜き差しを、星羅の求め通りにグッと奥にまで埋め込み、ポルチオ責めをくれてやる。

「あっ、あっ、あぁっ……はあぁぁぁっ、深いの……。えっ？　あぁ、ダメぇっ……そんなに顔を近づけちゃダメですっ！」

俊作が顔を近づけ吐息を吸っているのを、その気配で察したのだろう。星羅が唐突に羞恥を訴える。それでいて腰を逃がす様子はない。背筋を駆け抜ける快感電流が強烈過ぎて、喘ぐことを最優先しないと頭がおかしくなりそうなのだ。

「くふうッ……ひぅっ、むむむむ……」

痛烈すぎる快感に言葉さえ失っていく。唇を強く噛みしばり、汗みどろの背中を弓なりに反らせ、ブルブルと腰をわななかせた。

「いやッ……あうッ……うう……いやぁッ」

洩れこぼれる喘ぎ声を抑えるので一杯なのだ。にしても、おんなとは不思議な生き物だ。あれほど悋気《りんき》を露わに、もっと気持ちよくさせろと訴えていたくせに、いざとなると羞恥を露わに、「いや」と訴える。

美穂の手前、気丈に振舞っていたのだろうが、その背伸びも限界がきたのだろう。

「嫌だと言うわりに、腰は嬉しそうに動いてるぞ。おま×こもヒクヒクしてるし……。おお、喰い締めてる。こいつはすごい」

「うう……ああン……言わないでくださいっ！」

深く刻んだ眉間のシワが、こちらを振り返る。その瞬間を狙い、ぐるぐると奥を捏ねまわす。刹那に、快美に呆けるおんなの貌を覗かせる。が、すぐに我に返ると、一層きつく眉を顰《ひそ》める。

腰骨までも蕩けるような肉の快美を、歯を食いしばり懸命に堪えているのだ。

「くうッ……くううッ……」

「どうした。イキ我慢するつもりかい？　そんなに頑張ると、もっと苛めたくなるよ、星羅」

口調だけは努めてやさしく、嵩にかかって責めたてる。

回転を加えて強く肉層を抉りながら、中指を伸ばし、硬く尖った女蕾を絶妙に刺激する。どこをどう責めれば若牝が悦ぶか、すっかり老狼は熟知している。

「あぁぁん……ふぁああああああああああああぁ〜〜っ」

子宮口をシリコンの亀頭冠でくちゅっと押す度に、官能の凝縮された肉の芽を執拗に指先で圧迫する。

「やぁ、あああん……。イクっ！　星羅、イッちゃうぅぅっ！」

桜唇が絶頂の接近を告げた。

じぃんとお腹の奥が痺れて、辺りの音がすぅっと遠のく。それが、星羅が絶頂を迎える予兆だそうだ。今も、その感覚に襲われているに違いない。

同性である美穂の側でイキ極めてしまう背徳感に理性を削られ、なす術《すべ》もなく官能に囚われて美人保育士は高まっていくのだ。

「はぁっ、あ……！　イクッ……んうン…………ッ!!」

人造の亀頭冠をねっとりと子宮口に食い込ませ、これまでになくしつこく振動を伝えてやると、星羅がはっと息を呑んだ。あるいは意識を霞ませているのかもしれない。

何度も何度も背筋を駆け上がるオーガズムに、しなやかな女体はびくびく、びくびくとはしたない痙攣を起こし、迎えている絶頂の大きさを牡獣に見せつけてくる。

俊作は双眸《そうぼう》を血走らせ、しきりに生唾を飲み、居間に充満する星羅が漏らした切れ切れの熱い吐息をうっとりと嗅ぎまくる。絶頂の気をたっぷりと含んだ美女の吐息が、雄にとって最高の精力剤になることを若い牝獣は知っているのだろうか。

「ほら、星羅がイッてしまったよ。今度は美穂の番だ……」

イキ喘ぐ星羅の女陰に電動バイブを放置したまま、その手を美穂の女芯に運び刺激する。包皮から露呈《ろてい》した肉芽を摘みあげ、こよりを撚《よ》るようにグリグリと揉み込んでやった。

「きゃああっ……それはダメッ……ああ、あなた、いけません。はぁっくううッ」

官能の凝縮された肉の芽を、執拗に指で揉み込まれるつらさ。熱く爛《ただ》れた蜜壺を太いバイブに抜き差しされる切なさ。イキ果てた星羅の分も堪えなければと想っているのか、懸命に美穂は眉間にシワを寄せて堪えている。

そのくせ、淫らなまでに熟れた牝肉は、豊潤な官能を余すことなく享受して、勝手に腰を蠢かせ、尻をわななかせている。

どうやら美熟女の肉体にも、絶頂が兆《きざ》したらしい。

「ううっ、だめよ……我慢……、しないと……っ。ああ、でもイキそう！」

仰向けの美穂には、極太バイブが埋められた自らの股間が容易に覗けてしまう。

懸命に美貌を背け、歯を食いしばって堪えているようだが、性玩具に掻き回される膣からは狂おしく甘い痺れが途切れなく迸っているのだ。

　気持ち好いことが嫌いな人間はいない。本来、生真面目な性格の美穂も例外ではなく、切なさの混じった快感に引かれて自らの陰部へと視線を戻してしまうらしい。

「ほら、見えるだろう。美穂の淫らなま×こ、ぱっくりと極太を咥え込んでいる……。本当は、それが堪らなくいいのだよな。感じてしまうのだろう？」

「あぁ……あなた……あああぁ」

　美穂の朱唇からも、ねっとりと甘く熱い息がしきりに吐き出される。その濡れた唇からは、とめどなく甘い喘ぎが洩れ零れる。

　唇と一緒にカラダも開きつつあるようだ。張型の抽送に捲れあがる秘肉から、グチユグチユと音を立てて甘蜜が垂れ、妖しいおんなの匂いがさらに濃密さを増した。

「そうだ、その調子で昇りつめろ。気をやるんだ、美穂！」

　ここぞとばかりに俊作は激しく責めたてた。

「あぁ……あぁん……あなたぁッ……あぁん……はあああぁっ」

　官能と自制心とがせめぎ合うのか、生汗の光る美貌には、苦悶と肉悦とが交互に現れる。が、やがてそれもドロドロに溶け爛れ、めくるめくおんなの悦びに変じさせるのだ。

「ほうぅっ、あんッ……あおおおおおおぉぉ……」

堰《せき》を切ったように牝啼きが噴きこぼれる。

「いいのか、美穂？」

俊作の問いかけに、美穂はイヤイヤとかぶりを振って答えない。だが蜂腰の激しい震えが雄弁に肯定している。否、腰だけではない。あられもなくV字開脚し玉の汗を流している太もも、容《かたち》のよいふくらはぎから天井を向いた足の爪先に至るまで、どこもかしこもがブルブルと痙攣して絶頂が間近であると示している。

いまが責め時と見定めた俊作が、再びクリトリスを爪弾くと、美穂はヒーッとあられもない喜悦の声をはりあげて、弓なりに背中を反らせた。

乳首を尖らせた双乳がプルンプルンと上下に揺れ、蜜汗を飛ばす。双臀が床から浮き上がるほどの烈しさだ。

「ひいッ、いやあ！」

「嫌かい。嫌ならやめようか？」

サディスティックな悦びに背筋をゾクゾクさせながら俊作は、わざと張型の動きを止めてやる。

「ううっ……そんな」

勝気な美貌が半ベソをかき、啜り泣きの声を昂らせた。完熟の裸身が慄くように震える。美しく成熟した四十歳の女体では、いったん火が着いてしまった以上、悦びの頂点を極めるまで収まりのつくはずがない。

「ああッ……」

「どうしたの美穂？」

張型を止めたまま、俊作は牝芯だけを執拗に責めつづける。包皮に包んで優しく揉みこんだかと思えば、ツルリと肉核を露呈させ、赤らんだ屹立を指の腹で押しつぶすように揉み転がす。

「はぁ、はぁ、もう……あぁ、もうッ」

息を荒げ、堪えがたげに腰をもじつかせる美熟女。その熱い肉層をズンと貫いて、女体をのけぞらせると、そのまましばらく最奥にとどめおいて、淫らなバイブレーションで子宮口を嬲る。

「ひッ……ひッ……ひッ」

子壺まで犯され、快感と呼ぶにはあまりに激越すぎる衝撃に、狂ったように上体をよじり、美しい下肢をうねらせた。

開きっぱなしの朱唇から、惜しげもなく噴きこぼれる嬌声。ブルブルと白い臀肉を痙攣させつつ、ガクガクと床から跳ねる豊麗なヒップ。汗に光る乳房がタプンタプンと上下に揺れ弾めば、滑らかな腹の上では悩ましい縦長の臍《へそ》が切なげに捩れる。凄まじいまでの乱れようは、これがあの楚々とした義妹とはとても思えない。

「もうイクのだろう？　美穂」

もはや技巧など忘れ、猛烈に張型を突き続ける。

「そら、イクんだッ」

「ああ、イクっ！　イクぅっ!!　あああああああああぁ……っ!!」

これまでに俊作も聞いたことがないほど淫らな美穂の牝啼き。苦悶とも歓喜ともつかぬ声を立て続けに発しながら、ガクガクと激しく腰を揺すりたてた媚熟女は、グッと顎を突き出して弓なりに仰け反ったかと思うや、晒しきった白い喉を絞って、ヒーッとかすれた悲鳴をあげた。

ピーンと四肢を突っ張らせ、汗みどろの裸身に二、三度痙攣を走らせると、それっきり床に腰を落とし、グッタリと弛緩《しかん》してしまった。

「ああ、すごい。なんて、すごいの美穂さん……」

傍《かたわ》らで固唾《かたず》を呑んで見守っていた星羅が、感に堪えぬといった声を漏らした。

「本当に、すごいイキ乱れっ振り。エロかったけど、綺麗だったね」

弛緩した後も、余韻の収縮が張型に生々しく伝わる。火に焙られた軟体動物さながらに妖しく蠕動し、うねり舞う張型の胴部に吸着してくるのだ。

「しっかり見とどけたよ、美穂」

興奮に声がうわずっている。張型を蜜壺に含ませたままで、俊作は美穂の顔を上向かせた。

「……あ、あぁ……」

媚熟女は朦朧《もうろう》としている。

凄まじいまでのおんなの悦び。めくるめくような肉悦の快美な余韻に、端整な頬がバラ色に染め抜かれ、黒瞳は濡れ潤んでいた。

イキきった義妹の妖しすぎる風情に、「素敵だよ、美穂」と、俊作は、募る愛おしさをぶつけるように夢中で美穂の唇を奪った。

プルンとした柔らかい朱唇の感触を味わい、歯茎をベロベロと舐めねぶっていく。

夢うつつの美穂の舌を俊作はねっとりと絡め取った。

絶頂の余韻にジーンと甘く痺れて、ボーッとなっている美穂。ドクドクと流し込む牡獣の熱い唾液を、渇ききった喉が貪るように嚥下《えんげ》している。

「ああん……あなた」

長い接吻から解放された美穂に、興奮冷めやらず俊作は覆い被さろうとした。

「ああ、あなた……」

今では邪魔でしかないバイブを急くように女陰から抜き取ると、すっかり硬くなった肉柱をあてがう。

濡れそぼる雫を亀頭部に擦り付け、一気に牝孔に突き立てた。

「むふうう……ほうううううッ！」

すっかり老狼の肉棒の容《かたち》を覚え込んでいる肉洞は、スムーズに受け入れてくれる。だからと言って緩い訳ではない。密生した肉襞が、寄り添うように絡みつき、むしろ狭隘とさえ感じられる。

「むうううぅっ！　あぁ、ダメなの……もうダメぇっ！」

未だイキ途中であるが故に、美穂は切なげに眉を撓め、腰を捩り、淫らな肉欲の炎に全身を燃えあがらせている。

その扇情的な乱れ様に、たまらず俊作も肢体を揺さぶっていく。細い足首を持ち、Vの字を描かせると、そこにドスンと打ち込むのだ。

「ううぅっ、やめてっ、やめてくださいっ」

勢い余って、引き抜けた直後に、蜜音を鳴らすように秘裂を擦って器用に女豆の皮を剝く。雁首で擦るように刺激を加え、肥大化すると叩いては捏ねてやる。

「はううううううぅっ……そ、それもダメですっ！」

じゅわッと恥液を溢れさせながら美穂は大声で泣き喚いた。すると義兄は彼女の膝裏を押さえて女体を折り曲げ、唇を塞いでしゃにむに舌を入れた。同時に、腰で牝孔を探り、再び肉柱で貫き通す。

「むうぅッ！　はむむむッ！」

巧みに腕を曲げ、豊かな双乳を揉む。その間はグラインドに切り替え、愛撫と連動させて女体を蕩かせにかかる。

ほとんど苦悶のような声を上げて、髪を振り乱す美穂を見て、その舌先を首筋や鎖骨、胸元へと這い擦りまわす。

やがて胸元の頂点で色づくピンクの乳首へと到達させると唇で包み込む。口腔でじわじわとバキュームさせ、胸元にやるせない官能のうねりを巻き起こすのだ。

「むふううっ！　むふううっ‼」

どんどん荒げる呼吸に、美穂に二度目のイキ恥が迫っていることを悟った。

（イッたばかりだから、二度目は早いか……！）

コリッコリッと普段よりも硬く屹立した乳首を俊作はいつもの倍近く嚙んでやる。

「あうっ、ほおおおおぉぉッ！」

痺れるような快美感が、尾を引きながら連続して体内に駆け回っていくのだろう。ぶるるっと慄え続ける太ももの付け根では、ぎゅうぎゅうと肉棒を喰い締めている。

「もう二度目の絶頂が迫ってる？　ガマンしなくていいから、このままイクんだ！」

嵩にかかり、このまま絶頂に追い込んでしまおうと、俊作は荒腰を使い美穂を追い込んでいく。

「ああダメです。星羅さんの前で二度目なんて、あぁ、いやぁッ、あっ、あっ、ああぁん」

一度ならず二度までも——同性の、それも年下の星羅の前で生き恥を晒すまいと美穂は抗っている。少なくとも抗おうとしているようだ。けれど、おんなの悦びを知る熟れ女体は、いかにも脆《もろ》い。淫らな振動で子宮を揺すりながら的確に官能の中心をえぐり抜く抽送に、媚熟女は腰骨まで痺れさせているようだ。

あと一撃で欲情が爆発するであろう寸前、ついに義妹は我を忘れて、撃ち抜かれた腰を自らも突き上げた。

「イクっ！　イクうううう〜〜ぅっ！」

俊作の打ち下ろした腰に、さらに擦り付けるようにして、歓喜の悲鳴を放つ美穂。その唇に俊作がむしゃぶりつくと、熱い舌と舌を濃密に絡み合わせたまま、なす術もなく、さらに高みへと昇りつめていく。

「むほん……美穂、またイッています……あァ、イッてるううううぅッ!!」

俊作の肉棒に生々しい収縮を伝えつつ、美穂は義兄の口腔に熱い悦びの声をふしだらに放っている。

「おふぅ、美穂……。カワイイよ」

熱く喘ぐ口から唇を離すと、俊作はそのイキ貌をうっとりと眺めながら笑った。

ゆっくりと肉棒を引き抜くと、まるで粘膜そのものが溶け爛れたかのように、肉幹から美穂の熱い潤いが雫となって垂れた。

女体を横たえた床にも、滴り落ちた甘い果汁が水溜まりを成している。それは義妹の官能が、しっかりと開花しきった証拠でもある。

「待たせたね、星羅。今度は星羅の番だよ」

肉棒の甘蜜を拭《ぬぐ》おうともせず、俊作は矛先を星羅の女陰に向けた。

「ごめんよ。星羅も、ち×ぽ欲しいだろう？　ちゃんとこのち×ぽでも、二度目の絶頂を味わわせてあげるから……」

しどけなく横向きに寝そべり、美穂と俊作の睦ごとをうっとりと見つめていた星羅。その身体をうつ伏せにさせ、寝バックの体勢で貫いていく。

「あああああああぁ、俊ちゃぁん！」

その瑞々しい背筋にキスの雨嵐を浴びせながら、女体に密着した状態で奥突きを放つ。たちまち顎が浮き、顔面へ唾液が降り注ぐほど叫んだ。

「星羅のおま×こも、美穂と一緒で、イキ余韻にさんざめいている。いつもとは奥の反応が違うぞ！」

「ああん、だってぇ、我慢できません。すぐに恥をかいてしまいそうッ！」

涎が垂れるのも構わずに大声を出し、細い肩を持ち上げて揺さぶっている。抗っている訳ではなく、じっとしていられないのだろう。俊作が、背後から体重をかけると上体が床へ戻る。

「遠慮せずにイッていいぞ。美穂にイキ貌を拝ませてやればいい」

言いながら手を細腰に移動させ鷲掴む。固定させた蜜腰に、ぐいぐいと肉棒を食い込ませる。

「あはあああっ、あん、あん、ああんっ」

寝バックからの挿入では、ゆるやかなストロークがやっとだが、それでも美人保育士の官能を煽るには充分であったようだ。

「ほおおおっ」

泣き崩れるような声と共に、瑞々しい太ももがブルブルッと慄いた。

絶頂した訳ではないようだが、それに近い喜悦に打たれたらしい。女体の奥から湧き出した愛欲の泉が、ドッと吹き零され肉棒に絡みつくのが、その手応えだ。

確実に、迫りくる二度目の絶頂感に、星羅が頭を振っている。

「ひうんッ……ううう、星羅、イッてしまいますっ！」

呆気なく、美人保育士が絶頂を宣言する。

熱い雫にまみれた男根の灼けた突端で、グリグリッと子宮を擦りあげたのだ。

バイブに高められていた官能の余波が、俊作の連続突きにさらに漣を大きくさせ、巨大な絶頂へと女体を呑み込んでいく。

「ひうっ、ひっ、いいわ。いいの。イク、イク、イクっ。星羅イックぅぅぅ〜〜っ！」

まるで子宮が悲鳴を上げているように星羅は戦慄き、イキ極めた。

俊作も、途中から訳が判らなくなり、気がつけばドロドロと膨れ上がった男根から熱い樹液を吹き零していた。腰が爆発したかのごとく跳ね、精液が弾け飛んだ。

「ひぃいッ、あッ、あああッ」

俊作を乗せた肢体をくねらせ、柔肌にじっとり汗を浮かべる若牝。開ききった内腿だけでなく、肛門もあさましく痙攣させている。あの美しい清純そうな星羅が魅せる信じられない光景だ。

あまりにしあわせな、身も心も蕩ける時間。ふしだら極まりなく、コンプライアンスもへったくれもない。

(恐らく、こんなことが世間に知れたら大変なことになるだろうな。会社にもいられなくなるだろう……)

けれど、それを怖れる気持ちなど微塵も湧いてこない。それどころか会社を首になっても構わないと、とうに開き直っている。

大人気ないだとか、年甲斐もなくだとかの誹《そし》りは甘んじて受けよう。

(セクハラ上等! モラハラ上等! コンプライアンスクソ喰らえ!!)

そんなシュプレヒコールが俊作の頭の中で響き渡っている。

人生百年の時代が到来しつつあるとはいえ、還暦を迎えた俊作に、健康でいられる残された時間は短いかも知れない。

それでもその残された余生を、女神を崇拝するように彼女たちを愛していこうと内心に誓っている。

（なぁに、まだまだ若いモノになど負けはしない。逆境と過当競争を生き抜いてきた世代を舐めるな。二十四時間戦えますかと問われた俺たちだぞ……！）

その自負と気概が、傍作を奮い立たせる。

嫌なことはしたくない。苦労など背負いたくない。修行などまっぴらだ。困難は自分に向かない。そう言って憚らない軟弱な若者になど負けるわけがない。

「ほら、まだ、やれそうだけど、美穂と星羅どっちが相手をしてくれる？」

それこそ壊れてしまったのか、燃え尽きる前の炎なのか、未だ傍作の性欲は潰《つい》えない。そんじょそこらの若いのとは生命力が違う。繁殖力が違うのだ。

雄々しく屹立した肉棒を美穂と星羅が、潤んだ眼でうっとりと見つめている。

やがて二匹の美牝は、老狼の情根にそっと手を添え、さらなる愛を乞うのだった。

（了）

※本作品はフィクションです。作品内に登場する
団体、人物、地域等は実在のものとは関係ありません。

定年後のふしだら新生活
〈書き下ろし長編官能小説〉
2024年7月23日初版第一刷発行

著者……………………………………………北條拓人
デザイン………………………………………小林厚二
発行所……………………………株式会社竹書房
〒102-0075 東京都千代田区三番町8-1
三番町東急ビル6F
email：info@takeshobo.co.jp
竹書房ホームページ https://www.takeshobo.co.jp
印刷所…………………………中央精版印刷株式会社

Take-Shobo Publishing Co.,Ltd.